10|18
12, avenue d'Italie — Paris XIIIe

Sur l'auteur

Jørn Riel, né en 1931 au Danemark, passe toute son enfance à entendre les récits de voyages de Knud Rasmussen et de Peter Freuchen. C'est là, au domicile familial, à Copenhague, qu'il se construit son imaginaire. En 1950, Jørn Riel s'engage dans les expéditions du Dr Lauge Koch pour le nord-est du Groenland et y reste seize ans. Il en rapporte une bonne vingtaine d'ouvrages. Son œuvre est dédiée pour une part à Paul-Émile Victor — les deux hommes se sont côtoyés sur l'île d'Ella —, pour l'autre à Nugarssunguaq, la petite-fille groenlandaise de Jørn Riel. Elle est d'abord constituée de la série des « Racontars arctiques », suite de fictions brèves ayant toujours pour héros les mêmes trappeurs du Nord-Est groenlandais amoureux de cet être cruellement absent de la banquise : la femme, puis de deux trilogies — « La Maison de mes pères » et « Le Chant pour celui qui désire vivre ». Après *La Faille*, dont l'action se situe chez les Papous de Nouvelle-Guinée, retour au Groenland pour sa dernière trilogie, « Le Garçon qui voulait devenir un être humain », parue en novembre 2002 aux Éditions Gaïa. Jørn Riel vit aujourd'hui en Malaisie, « histoire de décongeler », comme il se plaît à le dire.

LE JOUR AVANT
LE LENDEMAIN

PAR

JØRN RIEL

Traduit du danois
par Inès J<small>ORGENSEN</small>

10|18

« Domaine étranger »
dirigé par Jean-Claude Zylberstein

GAÏA ÉDITIONS

Du même auteur
aux Éditions 10/18

« Les Racontars arctiques »

LA VIERGE FROIDE et autres racontars, n° 2861
UN SAFARI ARCTIQUE, n° 2906
LA PASSION SECRÈTE DE FJORDUR, n° 2944
UN CURÉ D'ENFER, n° 2997
LE VOYAGE À NANGA, n° 3027
UN GROS BOBARD et autres racontars, n° 3368

Trilogie « La Maison de mes pères »

UN RÉCIT QUI DONNE UN BEAU VISAGE, tome I, n° 3159
LE PIÈGE À RENARDS DU SEIGNEUR, tome II, n° 3204
LA FÊTE DU PREMIER DE TOUT, tome III, n° 3247

Trilogie « Le Chant pour celui qui désire vivre »

HEQ, tome I, n° 3279
ARLUK, tome II, n° 3314
SORÉ, tome III, n° 3347

▶ LE JOUR AVANT LE LENDEMAIN, n° 3456

Titre original :
Før morgendagen

© Jørn Riel.
© Gaïa Éditions pour la traduction française, 1998.
ISBN 2-264-03438-6

Pour Anette

Première partie

1

Une inquiétude, souvent, envahissait Ninioq. Un sentiment étrange, un peu nauséeux, dont il lui était difficile de se débarrasser. Cela lui arrivait en général le matin, où elle avait coutume de se réveiller avant tout le monde. Elle restait alors allongée sur la couche et sentait l'inquiétude se nouer dans sa poitrine et se propager en ondes presque douloureuses jusque dans son ventre.

L'inquiétude faisait naître en elle des pensées. Il lui semblait se tenir au bord de la vie et plonger son regard dans un abîme béant de vide. Et elle comprenait que le vide était la somme de ce qui avait été, les restes estompés des mutations des hommes.

Tout avait changé et continuait à changer. Si la mer, le ciel et les montagnes étaient tels qu'ils l'avaient toujours été, si les hommes continuaient à naître et à mourir, elle ressentait pourtant intensément que tout était en décomposition, qu'elle et sa tribu étaient en train d'abandonner la vie qui avait toujours été celle des hommes.

D'abord le renne avait disparu, ce qui avait été un grand malheur. Car sur ses traces étaient parties bien des tribus qui, autrefois, avaient peuplé le pays. Puis étaient survenues de longues périodes où les animaux de mer s'étaient tenus loin des côtes, entraînant de mauvaises chasses et des famines. Peut-être étaient-ce ces temps difficiles qui changeaient les hommes. Les tribus étaient devenues plus petites, plus sédentaires, et l'on avait commencé des querelles de sang qui se prolongeaient sur plusieurs générations.

Quand Ninioq était allongée sur sa couche le matin, à l'écoute des bruits de sa famille endormie, l'inquiétude l'emplissait d'une fatigue ne laissant aucune place à la joie. La vie ne lui souriait plus, elle se sentait à l'écart, étrangère. La fatigue se déversait sur elle en longues vagues lourdes et l'amenait au bord d'un découragement qu'elle n'avait jamais connu auparavant. Un découragement hanté par les images de tout ce qu'elle avait craint durant sa longue vie et par quelque chose de nouveau et d'inconnu.

Ninioq avait vécu sa vie. Elle le savait. Mais elle savait aussi qu'elle se prolongeait dans ses enfants et ses petits-enfants. Les regarder était comme regarder son propre visage reflété par la calme surface d'un fjord d'été. C'était là une image surprenante qui ne cessait de la remplir d'étonnement, mais qui alimentait aussi son inquiétude, puisqu'un simple souffle de vent, le jet d'une pierre ou une main pouvaient l'effacer.

Jamais Ninioq n'avait souhaité une existence autre. Elle désirait ardemment que tout demeure tel que cela avait toujours été. Que les rennes reviennent, que les hommes cessent leurs querelles, que Sila, qui était en tout, leur redevienne favorable. Elle souhaitait de toutes ses forces que les nombreuses tribus disparues reviennent, souhaitait que le pays soit de nouveau peuplé comme avant et que l'on puisse repartir pour de longs et joyeux voyages de visite.

Mais tout était et restait différent. Les rennes demeuraient absents, les animaux de mer venaient puis redisparaissaient et les hommes continuaient à s'entre-tuer. Ces changements avaient commencé depuis longtemps, depuis son enfance déjà. Ils s'étaient insinués lentement, comme le fait la tuberculose, et la plupart des gens avaient eu le temps de s'y habituer et les acceptaient sans demander d'explications.

Cette année cependant, le printemps et le début de l'été avaient été une période joyeuse, pleine de chasses fructueuses et de divertissements. Un début de saison comme dans son enfance.

La glace s'était attardée longtemps le long des côtes, plus longtemps que depuis bien des années, et les chasseurs avaient pu sortir tous les jours en kayak et chasser le phoque entre les plaques de glace éparses.

Comme la chasse était bonne, on était resté dans l'habitat d'hiver et ce ne fut que lorsque, de façon inattendue, Kokouk et sa tribu étaient venus en visite, que l'on commença à parler de camp d'été.

Ninioq était descendue avec les autres sur la plage pour souhaiter la bienvenue aux visiteurs. Elle s'était réjouie à la vue des kayaks qui filaient sur le fjord comme de luisants dos de narvals. Elle avait perçu les voix indistinctes du bateau de femmes qui, lourdement chargé, peinait à atteindre la côte. Non sans une pointe de joie maligne, elle avait remarqué qu'il était difficile à manier parce que la peau en était lâche et mal entretenue.

Lorsqu'il arriva si près qu'elle put distinguer chacune des personnes à bord, elle entendit les cris joyeux des femmes et les rires des plus âgées devant l'impatience des jeunes à toucher terre. Oh oui, cela promettait un été merveilleux. On avait des invités et de la viande en abondance à leur offrir.

Ninioq vit que Kokouk avait vieilli. Il fallut l'aider à sortir du kayak, une de ses jambes étant sans forces. L'hiver précédent, il avait été la proie de mauvais esprits et la plus âgée de ses femmes raconta à Ninioq qu'il était resté longtemps dans l'incapacité de bouger tout le côté gauche de son corps. Peu à peu, le mal avait été repoussé et s'était rassemblé dans sa jambe.

Sa tribu était peu nombreuse et composée surtout de vieux et de très jeunes. Autrefois, il y avait bien des années de cela, elle avait été grande et puissante, mais c'était avant que beaucoup d'entre eux suivent le renne, longtemps avant les grandes famines. Les trois fils de Kokouk étaient partis. Seul l'avant-dernier était resté auprès de son père. On l'appelait La Flèche parce qu'il courait plus souvent qu'il ne marchait, et qu'en courant il émettait un petit bourdonnement du fond de la gorge. La Flèche était un homme beau et fort ; par deux fois, il avait été chez le grand esprit-assistant Tornarssuk et à cause de cela, malgré sa jeunesse, il portait le poids d'anxiété de ses pouvoirs de guérison de certaines maladies. Il avait réussi par son chant à délivrer son oncle, atteint du vertige du kayak, et il était allé rechercher la deuxième femme de son père, l'hiver où son âme avait été enlevée. C'était également grâce à lui que Kokouk pouvait marcher de nouveau. Il avait plusieurs fois invoqué les esprits au-dessus de son corps paralysé et réussi à faire descendre le mal jusqu'au genou.

Cela avait été le vœu de La Flèche de rendre visite à d'autres gens. Il désirait depuis longtemps une femme de sang étranger et fut très heureux de tomber sur la tribu de Katingak.

Il ne lui fallut d'ailleurs que quelques jours pour se décider à prendre Isserfik pour femme. Et ce fut une grande fête pour tous. Cela faisait très longtemps qu'un homme venu d'ailleurs n'avait pas pris de femme dans la tribu et tout le monde salua l'événement avec joie. Il alla deux fois rendre visite à Isserfik dans la maison collective, moins pour la contempler que pour évaluer la force de ses frères.

La nuit où il vint l'enlever, tout le monde était réveillé. Le soir précédent, Kokouk, qui ne voulait priver personne d'un événement aussi intéressant, avait chargé la plus âgée de ses femmes de porter le message dans tout l'habitat. Isserfik poussa de hauts cris aigus. Elle se débattit, griffa, mordit celui qui l'enlevait et se conduisit en tout point comme doit le faire une jeune fille bien élevée en pareilles circonstances. Ses deux frères tentèrent de la défendre, comme le veut l'usage, mais ils s'y prirent mal et n'y gagnèrent que pommettes enflées et nez sanglants.

La Flèche traîna Isserfik jusqu'à la plage où attendait son kayak. Il l'assit à l'arrière, s'installa lui-même et se lia à elle à l'aide d'une large courroie. Puis ils ramèrent, dos contre dos, dans la nuit claire. Quelques jours plus tard, ils revinrent de la petite île où ils avaient demeuré. Isserfik boitait avec fierté et montra à tous ses plantes de pied que La Flèche avait lacérées de son couteau pour lui enlever toute envie de fuir. Elle déménagea ses biens de la maison collective à la grande tente de Kokouk et devint la femme de La Flèche.

Comme c'était amusant d'avoir de la visite ! pensait Ninioq. Bien que la tribu fût petite, il y avait quand même beaucoup de gens à écouter et avec qui parler. Kokouk, lui, était un grand conteur. Il leur parla à profusion du long voyage qu'ils avaient fait depuis le pays au sud de Tunnudliorfik, et surtout des gigantesques montagnes derrière le pays des rennes, ce pays qu'il appelait l'ultime frontière du monde.

Même Ninioq n'avait jamais vu ces montagnes. Mais son mari Attungak, qui avait beaucoup voyagé avant d'être pris par les glaces, avait au cours d'un de ses voyages mené son traîneau jusque sous leur ombre. Ces montagnes étaient si hautes, avait-il raconté, que pour en voir le sommet il fallait s'allonger sur le dos à même la glace. Elles étaient si immenses, si abruptes, avait-il dit, qu'aucun homme ne pouvait concevoir leur grandeur et que l'on se sentait infiniment petit, presque rien, quand on se tenait à leur pied.

Et elles étaient belles. Si belles que, la première fois qu'il les avait vues, il avait ressenti une irrésistible envie de pleurer. C'était un peu idiot, mais il n'avait pas pu s'en empêcher. Il avait ressenti la même étrange envie de pleurer que lorsqu'il avait vu le visage de son premier-né. Une beauté tout à fait inexplicable, avait-il dit à Ninioq, qui faisait surgir en soi un sentiment indescriptible. Mais Ninioq s'était moquée de lui, car elle ne pouvait pas imaginer que la beauté d'une montagne se mesure à celle d'un nouveau-né.

Souvent, Attungak avait parlé de ces montagnes, exactement comme le faisait Kokouk à présent. Kokouk disait qu'elles reposaient si pesamment sur la terre que le sol sous elles en était comprimé. Il le disait parce qu'il pensait que c'était ainsi et non parce que c'était quelque chose qu'il avait entendu dire ou qui s'était raconté de génération en génération. Il était persuadé qu'il en était ainsi parce qu'il avait vu les montagnes de ses propres yeux, il avait vu comment la terre se délayait sous elles, un peu comme le contenu d'un intestin que l'on presse entre ses doigts.

Ninioq avait toujours ressenti un mélange d'envie et de peur de voir ces montagnes. Mais elle savait que jamais elle n'irait si loin au sud et, en son for intérieur, cela la rassurait. Les montagnes étaient sans doute trop imposantes pour elle, d'une force qui la dépassait. Elles étaient si colossales qu'elles soutenaient peut-être la voûte céleste, une pensée qui en arrivait presque à lui donner le vertige.

Quand les moustiques commencèrent à devenir vraiment horripilants, on décida de chercher un camp d'été où chacun aurait sa place. Soudain, on était nombreux, et il s'agissait de faire de grandes provisions d'hiver. Quatre kayaks quittèrent l'habitat. Ils partirent à marée basse, vers le nord, à la recherche d'un endroit où les tentes pourraient être plantées et où les animaux abonderaient. Katingak, le fils de Ninioq, et La Flèche faisaient partie de l'expédition. Les autres chasseurs restèrent pour continuer la chasse sur la glace et, l'année étant faste, ils ramenèrent chaque jour des phoques. Les femmes ne manquaient pas d'occupation. Elles dépeçaient sur la plage, découpaient la viande en longues lanières et la mettaient à sécher sur les étendoirs près des maisons et au bord de la plage.

Ninioq et les autres femmes âgées s'occupaient des peaux. Elles les grattaient soigneusement, les lavaient et les étendaient sur des cadres de bois flotté. Une fois sèches, les peaux étaient relavées, séchées et attendries sur un morceau de bois plat garni d'une bordure en os. Puis elles étaient consciencieusement mâchées par les femmes, afin qu'elles deviennent le plus souples possible. Les peaux de Ninioq étaient toujours belles et sans trous, car ses dents étaient usées jusqu'aux gencives et ne pouvaient pas les abîmer.

Exceptionnellement, lorsqu'on rapportait beaucoup de phoques, elle aidait au dépeçage. Elle était habile à l'*ulo*, le couteau acéré en forme de demi-lune, et savait encore dépecer un phoque plus rapidement que les jeunes.

Mais, malgré des journées bien remplies et la grande fatigue qu'elle éprouvait en se couchant le soir, elle avait du mal à s'endormir. Des pensées passaient et repassaient dans sa tête et ne la laissaient en paix que tard dans la nuit.

Ninioq. De temps à autre, ce nom chantait en elle. Ninioq ! La Vieille Femme, la plus âgée de la famille.

Allongée entre les peaux que lui avait offertes Katingak, il lui arrivait de chuchoter à mi-voix le nom de Ninioq. Parfois, c'était merveilleusement rassurant, parfois inquiétant. Ninioq.

Quand elle était très jeune, on l'appelait Saqaq. En ce temps-là, elle ne pouvait s'imaginer en Ninioq. D'autres portaient ce nom, des femmes aujourd'hui disparues depuis longtemps. En ce temps-là, ses joues pleines avaient une douceur juvénile et elle vivait une existence joyeuse et insouciante avec son mari Attungak.

En ce temps-là, la jeunesse cambrait les reins de Saqaq et donnait de la souplesse à ses membres minces, tout comme aujourd'hui la vieillesse décidait de la courbure de son corps vers la terre et de la raideur de ses jambes.

Cela n'avait été qu'au moment où l'enfant d'Attungak avait commencé à arrondir son ventre que le nom de Ninioq avait résonné en elle. Un nom étrange qui surgissait comme quelque chose de joyeux, une chaleur, une protection autour de celui qui n'était pas encore né. Elle pouvait alors sourire en palpant ses seins tendus, sourire du nom de Ninioq qui était si loin d'elle, aussi impensable que si ses seins gonflés avaient été des poches de plis flasques.

Ainsi, toute jeune, elle s'était imaginée Ninioq et, devenue Ninioq, elle repensait souvent à Saqaq. Cela lui semblait à la fois naturel et agréable. Elle ne se souvenait pas d'avoir jamais voulu être autre, ni quand elle était jeune ni aujourd'hui. Jamais non plus elle n'avait imaginé la vie autrement, elle n'avait fait que ressentir un doux bonheur à être et à avoir été. À bien des points de vue, d'ailleurs, la vie de vieille femme lui paraissait aussi plaisante que celle de jeune femme. Parfois même plus amusante, puisqu'elle ne désirait plus tout ce qu'un être humain ne peut jamais atteindre.

De telles pensées traversaient Ninioq lorsque, allongée sur sa couche, elle attendait le sommeil.

Elle pensait souvent à l'amour qui avait rempli une grande part de sa vie. L'amour avait été dans son esprit avant même qu'Attungak la prenne, et il s'était agrandi et étendu lorsqu'elle avait donné naissance à ses enfants. Mais en ce temps-là, elle n'avait pas ressenti sa nature la plus profonde parce qu'elle était trop jeune et trop occupée par d'autres choses. Ce n'est que lorsque, après bien des années de stérilité, elle avait donné naissance à son cinquième et dernier enfant, Katingak, qu'elle avait ressenti sa force fascinante. Elle aima alors son pourvoyeur avec une intensité qu'elle n'aurait jamais crue possible et aima ses enfants, les aînés comme le dernier-né, avec une violence qui lui coupait presque le souffle. Elle éprouvait pour eux une affection sans limite et pouvait prodiguer sa richesse à tous ceux qui le désiraient.

Oui, elle était vraiment une vieille femme gâtée. Elle avait eu des enfants et une longue vie sans maladie. Parfois elle avait éprouvé de la fatigue, bien sûr, mais jamais elle n'avait été possédée par le mal. Une seule fois, elle avait senti que son âme était en train de quitter son corps. Cela était arrivé quand elle avait donné naissance à son second enfant. Un petit être malingre qui refusait de téter de l'abondance de ses seins. Comme l'enfant n'arrivait pas à les vider, elle avait ressenti de la fièvre et une grande faiblesse et avait dû rester sur la couche, incapable de travailler.

Alors Attungak était allé chercher le cousin de son beau-frère, Komak. Un vieil homme édenté qui vivait des faveurs de sa famille. Komak était un grand gourmand, incapable de résister à la délicieuse graisse des lampes, et c'est lui qui vida ses seins après chaque tétée. Lorsqu'il l'eut ainsi vidée de son lait pendant quelques jours, la fièvre et la fatigue la quittèrent et, par reconnaissance, elle laissa le vieil homme continuer à téter. Il continua pendant les deux années que vécut l'enfant, jusqu'à ce qu'elle sente qu'elle n'avait plus rien à donner.

Il lui semblait encore sentir le visage osseux et froid du vieil homme contre sa peau. Et elle revoyait la joie exprimée par ses yeux lorsqu'il était rassasié. Cela faisait longtemps que ses belles-filles devaient lui mâcher sa viande, avant de la lui donner dans la bouche, et il n'était plus d'aucune utilité pour la tribu. Tout autre que lui se serait depuis longtemps installé sur la glace pour sauver sa bonne réputation. Mais Komak était d'une curiosité incroyable et ne pouvait se lasser de la vie. Et à cause de sa curiosité, parce qu'il savait énormément de choses et avait gardé en mémoire la plupart des événements, il était bien vu dans l'habitat. Grand conteur, il pouvait vous entretenir pendant des jours et des jours quand la tempête et le mauvais temps clouaient les gens à l'intérieur. Il était un des derniers à avoir vu les grands troupeaux de rennes. Il parlait de ces troupeaux qu'il avait suivis quand il était jeune, des troupeaux si grands que les bêtes mettaient plusieurs jours à traverser le détroit de Pamiut. Il parlait de chasses où tant de rennes avaient été tués que les corps morts rassemblés avaient formé une montagne de viande fumante. Ah, quelle époque avait vécue ce vieil homme ! C'était elle que Ninioq appelait de ses vœux lorsque, le matin, elle se sentait agitée et inquiète.

Ninioq ignorait combien de fois dans sa vie la lumière avait succédé à l'obscurité. Bien trop souvent, en tout cas, pour qu'un être humain ordinaire puisse en tenir le compte. Mais elle avait bien sûr quelques points de repère qui lui permettaient d'évaluer le temps passé. La mort de ses parents, son mariage avec Attungak, les naissances de ses enfants, les années d'émigration et de famine, la mort d'enfants et de petits-enfants.

Son premier bébé avait été une fille. Une enfant tout à fait exceptionnelle, née avec deux belles dents dans la bouche. Elle s'était mariée jeune avec un chasseur d'Ilulissat, un homme qui fut ensuite possédé par les mauvais esprits et tua beaucoup de gens, avant de se faire tuer lui-même par sa tribu. Sa fille vivait sans doute encore dans la tribu de son mari, d'après ce que savait Ninioq. Mais comme l'on n'avait pas entendu parler d'eux depuis des années, tout le monde pensait qu'ils avaient quitté le pays, à moins qu'ils n'aient tous succombé pour une raison ou une autre.

Le second fut un garçon. Un petit gars qui ne voulait pas vraiment vivre. Son âme l'avait quitté deux ans après sa venue au monde, une chance sans doute, car adulte, un être aussi débile n'aurait jamais pu atteindre les mondes souterrains.

Puis vinrent deux filles. Elles avaient grandi et étaient devenues adroites et attrayantes. Et comme elles étaient très liées et n'aimaient pas se séparer, elles se marièrent à deux frères de Kudtleq qui éprouvaient la même chose. Aucun d'entre eux ne vécut très vieux. Ils moururent au cours d'un voyage vers le sud, durant une année de famine. On les avait retrouvés dans un igloo, morts de faim. Ils avaient mangé tout ce qu'il était possible de manger : d'abord les chiens, puis les courroies et les harnais, les lignes de trait et les fouets. À la fin, ils avaient mangé un peu de la chair d'une des filles, mais la honte avait été trop grande et ils avaient préféré mourir.

Ce furent les hommes qui les avaient trouvés qui racontèrent leur destin à Ninioq. Elle avait pleuré longtemps parce que, à en juger par les circonstances, la mort avait été difficile, et qu'elle les avait pris dans leur plus bel âge.

Le dernier fut un garçon. Bien que très choyé par son père, il n'en était pas moins devenu un vrai homme. Il était à présent le plus grand pourvoyeur de la tribu et avait deux femmes, Ivnale et Kisag. Il avait pris Ivnale en premier, une fille qui lui plaisait depuis ses jeunes années, et avait eu trois enfants avec elle. Puis, quand son ami Kajut mourut en mer, il recueillit sa femme et reçut ainsi en cadeau une fille de deux ans, avant que Kisag ne lui donne un enfant de chaque sexe.

Ninioq adorait son fils et celui-ci était très tendre avec elle. Quand parfois, en plaisantant, elle lui disait qu'il était temps qu'elle aille sur la glace pour montrer quand même un peu de dignité, il riait, répondant qu'elle ne devait le faire que si elle tenait à apporter la honte sur sa famille. En effet, ses compagnons pourraient aisément croire qu'il avait perdu la main et qu'il était devenu un si minable chasseur qu'il ne pouvait plus entretenir sa mère, qui l'avait entretenu pendant tant d'années.

Ninioq n'avait jamais pensé à la vie comme à une longue chaîne de jours. Elle avait rarement ressenti la monotonie et jamais, aussi loin qu'elle s'en souvînt, elle ne s'était ennuyée. Les jours étaient changeants et, si le travail était souvent le même, chaque journée était cependant différente.

Ainsi ses pensées défilaient-elles dans sa tête avant que le sommeil ne prenne le dessus. Elle ne se souvenait jamais de ses rêves et n'était jamais agitée quand elle dormait. L'inquiétude appartenait aux heures matinales. Et elle lui était venue petit à petit, insensiblement, comme les changements de la vie, sans qu'elle sache d'où.

2

Leur départ fut joyeux et sans nostalgie. Bien que l'habitat d'hiver eût été un lieu de séjour agréable et généreux, le désir de voyager et de découvrir de nouveaux endroits sur la côte demeurait toujours fort chez les hommes. Personne ne pensait plus aux années difficiles où le vide avait rongé les entrailles et où la faim rendait faible et indolent. Personne ne se souvenait du froid mordant qui régnait dans les maisons quand le dernier bout de graisse de lampe avait été consumé, ni des longues journées sombres où, allongés sous les peaux auprès des enfants gémissants, on espérait que la chance serait favorable aux rares chasseurs qui avaient eu la force d'aller à la chasse. Durant deux hivers de suite, on avait vécu dans l'abondance près d'Inugsuk et l'on avait maintenant soif d'inconnu.

Les quatre hommes partis en kayak étaient revenus et leur avaient parlé d'un fjord profond dont l'embouchure se trouvait face à la longue île appelée Kerkertak. Ils avaient vu des bandes de narvals sortir du fjord et harponné deux morses au sud de Kerkertak, dont l'un était mort et mis en dépôt. À terre, on avait vu des excréments récents de bœufs musqués et les vallées alentour abondaient en fleurs et en baies. Oui, il semblait vraiment que le camp d'été allait être aussi heureux que l'habitat d'hiver.

On chargea les quatre bateaux de femmes, on retira les toits des maisons pour les aérer, et on se mit en route.

Ninioq était assise à la dernière rame du bateau de Katingak. Elle regardait ces vallées, où elle avait passé deux hivers, disparaître derrière elle. C'était un de ces nombreux endroits qu'elle avait appris à aimer au cours de sa vie éternellement nomade. Elle observa la montagne qui surplombait les hauts couloirs de vallée et se dit que cela allait être une année à baies. Le soleil avait très tôt pris de la puissance et les petits buissons poussaient. Cette année, les baies seraient grosses et savoureuses.

Une fois la rame installée dans le tolet, elle aida son petit-fils Manik à passer par-dessus le banc et l'installa près du bordage. Le petit garçon resta assis sans bouger, serrant sa petite fronde à oiseaux dans ses mains. Du haut de ses sept ans, la vie du voyage était encore inconnue et excitante.

Le bateau était rempli à ras bord de tentes, d'ustensiles divers, de peaux, d'outils, de vêtements et de tout ce qu'une famille possède par ailleurs. Au-dessus du chargement étaient couchés les chiens de Katingak et du vieil Akutak, les pattes liées, afin d'éviter toute bagarre en mer.

Ninioq souleva la rame hors de l'eau et laissa son regard reposer sur Manik. C'était sans doute l'être qu'elle chérissait le plus au monde. Bien qu'il ne ressemblât ni à son père ni à son grand-père, elle retrouvait en lui quelque chose des deux. Et elle se reconnaissait elle-même en lui, parfois de façon si frappante que cela la troublait et la mettait presque mal à l'aise.

Elle poussa du pied une petite poche de peau qui se trouvait sous le banc et fit un clin d'œil à l'enfant. Manik lui rendit son clin d'œil et fourra la main dans la poche, remplie de petits bouts de peau de narval, la meilleure chose qu'un être humain puisse se mettre dans la bouche.

Juste devant Ninioq et Manik était assise Kongujuk. Cela n'allait pas fort pour elle. Elle avait soudain vieilli et les douleurs l'affaiblissaient chaque jour qui passait. Comme c'est étrange ! pensa Ninioq, car Kongujuk avait été la femme la plus vivante et la plus drôle qu'elle ait jamais connue. Sa vie avait été presque aussi longue que celle de Ninioq, mais plus changeante. Jeune fille, elle avait été enlevée de la tente de ses parents près d'Agpa par un célibataire vieillissant. Cet homme l'avait longtemps désirée mais avait été retenu par sa mère, avec qui il vivait. Un jour, cependant, son désir était devenu trop fort. Il avait ordonné à sa mère d'équiper le bateau de femmes de nombreuses rames, dont deux furent fixées dans les tolets, puis il avait enlevé Kongujuk de la tente familiale un jour où tous les hommes se trouvaient à la chasse. Il avait mis sa mère et la fille enlevée aux rames et leur avait enjoint de ramer vers le nord. Dans chacun des habitats où ils s'arrêtaient, il avait enlevé d'autres filles, jusqu'à ce que toutes les rames soient occupées.

Durant cinq ans, il était resté au nord, là où ne venaient que rarement d'autres hommes. C'était un formidable chasseur et, là-haut, il se concilia des esprits-assistants si puissants qu'il devint invincible à la colère des hommes. Ce n'est qu'après avoir été harcelé sans trêve par les rameuses, qui avaient peur de devenir trop vieilles pour trouver un homme, qu'il se laissa convaincre de retourner vers des contrées habitées. Il rendit les filles empruntées là où il les avait prises et quand, dans les habitats respectifs, on entendit parler de son invincibilité et qu'on vit ses richesses, on évita de se venger des enlèvements.

Il s'installa près d'Agpa, où vivaient alors Ninioq et Attungak. À son retour, il fut obligé de tuer l'un des frères de Kongujuk mais put ensuite vivre en paix.

Oui, la vie de Kongujuk avait été mouvementée et elle avait eu beaucoup de chagrin puisqu'elle n'avait jamais donné naissance à un enfant vivant. Ils avaient adopté un fils qui avait été bien élevé mais n'avait jamais reçu cet authentique amour auquel les enfants aussi ont droit.

À présent, les douleurs ravageaient Kongujuk. Ses mains étaient crochues comme les griffes du faucon et presque sans forces. Ses hanches étaient encore plus mal en point. Les os étaient attaqués et elle avait à présent des douleurs constantes même quand elle était allongée sur sa couche et inutile.

Mais Kongujuk ne désirait pas mourir, Ninioq le savait. Elle endurait volontiers les pires douleurs pour éviter d'aller s'asseoir sur une peau de chien sur la glace, ce qui sans doute était une grande honte pour elle comme pour sa famille. Son fils adoptif, un homme doux et un peu mélancolique, l'entretenait. C'était un chasseur habile qui pourvoyait aisément à ses besoins et jamais il n'avait, même d'une allusion, suggéré qu'elle était une charge pour lui.

Ninioq, en ramant, regardait le dos voûté de Kongujuk. Chaque mouvement de rame devait lui déchirer le corps comme un coup de couteau. Elle avait du mal à garder le rythme, ses coups de rame étaient trop précipités et courts, et l'eau giclait chaque fois qu'elle remettait la rame à l'eau. Non, elle n'était plus de grande utilité, Kongujuk. Quand on devenait à ce point une charge, ce n'était pas agréable de devenir vieux.

Ninioq cala ses pieds contre les planches et tira sur la rame, en se soulevant légèrement du banc. Elle possédait encore des forces bien qu'elles aient diminué avec les années. Elle pouvait encore assumer les activités qui lui revenaient et elle ressentait une grande pitié pour Kongujuk qui n'avait plus sa raison d'être dans la tribu.

Manik, après en avoir dévoré la moitié du contenu, reposa la poche sous le banc et se glissa vers l'arrière où Akutak, le plus vieux des chasseurs de la tribu, tenait la rame de gouvernail. Akutak laissa le garçon poser ses mains sur la rame afin qu'il sente comment on dirigeait un bateau. Et dès qu'ils atteignirent la pleine mer, il laissa Manik gouverner, tout en redressant parfois insensiblement le cap.

Akutak, qui était borgne, avait toujours le visage légèrement tourné d'un côté quand il regardait devant lui. Exactement comme un oiseau. De nombreuses années auparavant, alors qu'il traversait Nûgssuaq seul, à pied, il avait rencontré Attungak, le mari de Ninioq. Akutak était alors un homme dans la force de l'âge mais il était déjà borgne. Il venait du nord et avait voyagé seul pendant trois ans. Ainsi il était resté très longtemps sans femme, un manque qu'il tâchait de dissimuler mais qui cependant était bien visible, à la fois par ses vêtements et dans l'expression de son œil valide.

Pendant un temps, il avait dormi auprès de Kongujuk, avec l'autorisation de son mari qui espérait qu'elle allait tomber enceinte. L'étranger était apprécié de tous dans la tribu d'Agpa et la plupart trouvèrent donc naturel lorsque, après six mois de séjour, il enleva deux sœurs pour en faire ses femmes. Seuls quelques jeunes gens s'en fâchèrent, la tribu manquant de femmes parce que, des années auparavant, en raison d'une famine, on avait mis la plupart des bébés de sexe féminin sur la glace. Et bien malgré lui, Akutak, qui était un homme paisible, dut tuer deux jeunes fanfarons afin que ses mariages soient pleinement acceptés.

Akutak avait cela d'étrange que, tout comme Kongujuk et son mari, il était incapable d'engendrer des enfants. Non pas qu'il fonctionnât autrement que les autres hommes, que son jeu sous les peaux fût moins fascinant, ou encore le membre en question incomplet. Mais jamais il n'avait pu féconder une femme. Les enfants qu'il avait étaient ceux d'autres hommes, des amis proches auxquels il avait demandé de lui rendre ce service.

Ninioq savait qu'un de ces enfants était d'Attungak. Akutak et son mari avaient en effet été comme des frères. Ils partageaient tout, allaient à la chasse ensemble, habitaient la même maison, les deux familles n'étant séparées que par un bas mur de cloisonnement. Ils partaient ensemble pour les longs voyages printaniers à la recherche d'ours, comme le faisaient les hommes auparavant, et ils s'épaulaient quand le fouet de la vengeance du sang claquait sur l'habitat. Ils échangeaient également leurs femmes car ils étaient comme des frères. Les femmes trouvaient cela amusant et distrayant, et elles estimaient que cela renforçait les liens entre les deux familles.

Akutak, après être devenu veuf, pouvait encore trouver un peu d'amusement à coucher avec Ninioq. Mais il se passait bien entendu beaucoup de temps entre ses visites à sa couche, parce qu'une vieille femme n'est plus très attrayante et qu'un vieil homme a peu de besoins.

Akutak adorait les enfants. Il avait traité ceux que ses femmes avaient eus avec d'autres hommes exactement comme s'ils avaient été les siens et les avait aimés inconditionnellement. Il n'eut le droit d'en garder qu'un seul. Trois d'entre eux moururent de faim, deux succombèrent en kayak, et seule lui resta une fille qui ne s'était jamais mariée et s'occupait à présent de sa maison.

Akutak avait toujours été un homme extraordinaire. Il était le plus grand des invocateurs d'esprits de ces temps et pouvait faire tout ce que d'autres hommes ne pouvaient pas, voir ce que d'autres ne voyaient pas et entendre tout ce qui était inaudible à une oreille humaine ordinaire. Ce cadeau, il avait peut-être dû l'échanger contre la capacité à féconder un ventre de femme.

Akutak à présent était vieux mais toujours parmi les meilleurs. Si, lors de ce voyage, il se trouvait à la rame de gouvernail, qu'aurait dû tenir Ninioq, c'était parce qu'il s'était cassé un bras au cours d'un voyage avec les esprits. Sa visite au monde souterrain avait pour but de retrouver la personne qui avait introduit le mal dans la jambe de Kokouk.

Ninioq savait que cela avait été un voyage difficile. On avait soigneusement attaché Akutak, éteint les lampes, puis il avait disparu par le toit de la maison collective. Elle avait vu elle-même comme une éclaircie, une faible lueur de feu là où il était passé, et elle avait entendu un sifflement comme celui d'une tempête qui s'éloigne. Il en était revenu la nuit même. Le mal, avait-il expliqué, avait été souhaité par un beau-frère défunt de Kokouk qui avait toujours été jaloux de sa chance de chasseur. Lorsqu'on avait défait ses liens très serrés, on avait vu qu'un des bras d'Akutak était cassé. Il pendait comme l'aile d'une mouette blessée et était inutilisable pour manier le kayak. C'est pourquoi Akutak se retrouvait à la rame de gouvernail parmi les femmes, les enfants et les chiens.

Ils voyagèrent durant quatre sommeils avant de pénétrer dans le fjord, face à Kerkertak, où ils avaient l'intention de passer l'été.

Ninioq vit que c'était un pays propice et de grande beauté. Le fjord formait un entonnoir s'élargissant vers la mer et, tout au fond, elle distingua les contours sombres d'une montagne de forme étrange qui se découpait contre l'imposant mur de glace bleu et scintillant.

Elle était déjà venue deux fois dans ce fjord. Une première fois petite fille, alors qu'elle voyageait avec son père. Cela faisait si longtemps qu'elle ne se souvenait que de rares moments. Ainsi se rappelait-elle qu'avec d'autres enfants, elle s'était amusée à construire des kayaks en disposant des pierres en ovale et elle se dit que, malgré tout le temps passé, une vie d'homme maintenant, elle devrait pouvoir retrouver ces jouets d'antan.

Plusieurs années après, elle était revenue avec Attungak. Elle avait alors déjà un enfant à la main et un autre dans le sac à dos. Cela avait été un voyage plein de bonheur car elle avait un pourvoyeur adroit qui lui apportait beaucoup de travail et deux enfants vivants, sur les trois auxquels elle avait donné naissance. Son ventre grossissait de nouveau, un état qui la rendait toujours heureuse. C'était un bonheur inexplicable, quelque chose qui venait de l'intérieur et ne nécessitait d'ailleurs aucune explication. Un bonheur paisible, qui emplissait ses jours et se transmettait tout naturellement aux gens qui l'entouraient.

Cet été-là, où elle avait voyagé sur le fjord de Kerkertak avec Attungak, restait dans son souvenir comme un des plus beaux qu'elle eût vécus. Elle était jeune, il y avait de la nourriture en abondance et ils avaient beaucoup de temps l'un pour l'autre. La nuit, ils dormaient sur un petit promontoire rocheux à l'embouchure du fjord et contemplaient la banquise qui dérivait lentement vers le sud en grondant et en craquant. Ils parlaient et riaient et Attungak posait sa tête sur son gros ventre pour entendre les battements de cœur de son enfant. Elle se souvenait encore des bruits et des odeurs et savait qu'elle les retrouverait aujourd'hui. Les claquements aigus de la banquise, les longs appels de l'harelde des glaces sur la plage et les battements lourds de la houle se rompant paresseusement sur les rochers érodés. Il y avait l'odeur de la bruyère sèche, odeur forte et épicée qui avait sur ses poumons assoiffés un inexplicable pouvoir désaltérant.

Ninioq se retourna sur son banc pour regarder du côté du large torrent. Les saumons le remontaient en quantité, se souvint-elle, des poissons luisants et minces, très faciles à attraper. Un bon pays, pensa-t-elle. Ici, ils pourraient vivre et accumuler des provisions pour l'hiver.

Lorsque les chasseurs eurent exploré le rivage au nord, on décida d'installer le camp à proximité du torrent. Celui-ci se déversait d'un lac long et étroit, si peu profond que l'eau se réchauffait suffisamment pour qu'on puisse y laver les peaux sans que les doigts s'engourdissent de froid.

L'endroit était exceptionnellement beau. Le paysage déclinait doucement vers la plage et, tout près de l'eau, bruyère et empêtres formaient un tapis vert sombre et uni.

On hala les quatre bateaux lourdement chargés sur la plage et l'on se mit à transporter tout le matériel au-dessus de la marque de la marée haute.

C'était un travail merveilleux puisqu'il est toujours agréable de prendre possession d'une nouvelle terre et de se préparer à un long séjour. Les chiens furent lâchés à terre où ils se lancèrent immédiatement dans une bruyante bagarre pour retrouver l'ordre hiérarchique qu'ils avaient sans doute oublié à bord. Quand les plus forts eurent réinstauré le respect et que les attelages se furent recomposés, ils s'en allèrent explorer la côte pour apprendre à connaître leur nouvelle contrée.

Ninioq, qui conservait le feu dans un profond bol en terre grasse, souffla sur les braises. Elle garnit abondamment les bords inclinés de la lampe de mèches de mousse séchée et déposa de la graisse brute au fond. Les femmes des autres tentes vinrent chercher du feu auprès d'elle et, peu de temps après, les marmites bouillonnaient un peu partout dans le camp.

Dans la tente de Katingak, outre Ninioq, vivaient les deux femmes de son fils et leurs sept enfants. La vaste tente aurait pu abriter davantage de personnes. Katingak dormait avec ses femmes et trois des enfants sur la plate-forme de couchage principale, au fond, et les autres enfants et Ninioq sur deux couches latérales.

Manik, qui était le plus jeune des garçons, dormait le plus souvent avec Ninioq. Le soir, quand il s'allongeait auprès d'elle, il avait l'habitude de remonter les peaux au-dessus de leurs têtes et de lui chuchoter à mi-voix les histoires les plus étranges. Et même si la température devenait étouffante et que tous les autres dans la tente se moquaient d'eux, Ninioq adorait ces moments. Dans cette obscurité se créait entre la vieille femme et le petit garçon une complicité qui pâlissait dès qu'ils retiraient les peaux.

Manik inventait des récits exaltés à partir des événements de la journée et Ninioq sentait qu'il vivait dans un tout autre monde. Il riait et s'esclaffait de ses propres inventions et se déplaçait tout naturellement dans les contrées étranges de l'imagination, parfois à une vitesse si époustouflante que Ninioq avait du mal à le suivre. Il circulait sur terre, sur mer et dans les airs aussi aisément qu'un invocateur d'esprits et son monde était plein d'êtres incroyables, d'esprits et de revenants, qu'il n'avait pas encore appris à craindre. Puis, brusquement, il s'endormait au beau milieu d'une histoire terrifiante et Ninioq retirait les peaux et le repoussait doucement vers la paroi de la tente.

Ils avaient ramé longtemps puis travaillé dur pour rendre les tentes habitables. Ninioq était allongée sous les peaux, et la tête de Manik reposait sur son bras. Elle sentait dans ses membres le bourdonnement merveilleux de la fatigue et, ce soir-là, elle s'endormit en même temps que le garçon.

En général, Ninioq était parmi les premières à se lever. Elle avait coutume d'aider la plus jeune des femmes de son fils, Kisag, à faire cuire la viande, décrocher les vêtements mis à sécher au-dessus de la lampe et les assouplir sur le bâton *kamiut*. Il y avait toujours beaucoup à faire le matin. Le pourvoyeur devait partir. Il lui fallait beaucoup de nourriture et des vêtements secs et doux. Après son départ, seulement, les femmes s'occupaient des enfants. Elles donnaient de la viande aux aînés, le sein aux plus jeunes et jouaient avec eux entre les peaux jusqu'à ce que, calmés et fatigués, ils se rendorment.

Alors commençait le véritable travail de la journée. Les peaux, qu'on avait suspendues sous le toit, devaient être descendues et apprêtées. Il fallait battre la graisse pour les lampes, chercher de l'eau potable et coudre. Le plus important était sans doute la couture. Muni de bons vêtements, un chasseur pouvait tout endurer. Il pouvait affronter tous les temps et toutes les saisons, du moment que son corps était au chaud et au sec. Si un chasseur avait pour femme une mauvaise couturière, ses performances s'en ressentaient souvent. Il avait froid, se mouillait et ne tenait pas longtemps dehors. Coudre était nécessaire, et coudre bien extrêmement important.

Ninioq était bonne couturière. Bien que sa vue ne fût plus excellente, elle réalisait encore des points plus fins que ceux de ses belles-filles. Elle savait coudre des kamiks étanches avec des points si serrés que Katingak pouvait marcher dans l'eau toute la journée sans se mouiller les pieds. Et elle savait tendre comme une peau de tambour celle d'un bateau, de telle sorte que pas une goutte d'eau ne pouvait s'infiltrer.

Le lendemain de leur arrivée, cependant, elle se réveilla tard. Ce jour-là, l'inquiétude qui l'avait tourmentée les autres matins la laissa en paix. Peut-être fut-ce la raison pour laquelle elle demeura un moment allongée, bien que les autres fussent déjà debout. Elle resta d'abord les yeux fermés, écoutant les bruits de la tente. Des bruits qu'elle avait entendus toute sa vie sans vraiment y prêter attention. Elle entendit les bâillements et les étirements d'Ivnale puis son souffle délicat sur les braises de la lampe et les petits coups rapides du pic sur le bloc de glace que les hommes avaient déposé devant la tente. Puis vint le sifflement, quand la marmite fut accrochée au-dessus du feu, et qui lui fit ouvrir précipitamment les yeux pour voir si l'eau n'avait pas éteint la lampe.

Elle les garda ouverts. Il y avait tant de lumière dans la tente qu'elle pouvait distinguer tous les détails. Ivnale était penchée au-dessus du foyer. Ses cheveux étaient détachés et elle avait l'air très jeune bien qu'elle eût près de dix ans de plus que Kisag. Kisag restait couchée plus longtemps ces temps-ci parce qu'elle venait d'accoucher et devait nourrir son enfant plusieurs fois dans la nuit.

Ivnale était une bonne épouse. Adroite, travailleuse et incroyablement forte malgré son allure de petite fille frêle. Le choix de Katingak avait toujours réjoui Ninioq. Et tout particulièrement parce que Ivnale étant la nièce de Kongujuk, leur union avait rapproché les deux familles. Elle avait su bien des années avant leur mariage que Katingak et Ivnale se désiraient. Et elle avait été sûre que ce ne serait pas seulement un mariage où l'homme prenait une femme pour avoir une descendance et quelqu'un pour s'occuper de son foyer. Leur relation dépassait tout cela. Même lorsque Katingak prit Kisag comme seconde femme, rien ne changea entre eux. D'ailleurs Kisag était gentille et facile, une fille qui faisait de son mieux pour être agréable à tout le monde.

Une seule fois, Katingak avait dû se battre pour garder sa première femme. Cela s'était passé juste après la naissance de leur premier enfant. Elle était alors plus belle que jamais et désirable pour beaucoup d'hommes. Mais un veuf sanguinaire, qu'on appelait Le Bravache, nourrissait pour elle un désir insurmontable. Il l'enleva un jour, alors que Katingak était à la chasse avec Akutak.

Ninioq se souvenait très clairement du formidable duel de chant au cours duquel Le Bravache et Katingak s'étaient affrontés. Beaucoup de durs soufflets et de mots méprisants s'y étaient échangés. Katingak était un grand poète et il savait proclamer ses mots d'une voix tonitruante. Ses vers avaient été si méprisants, mais également si drôles, que tout le monde avait ri sur le compte du Bravache. Il en avait conçu tant de honte que ce même jour il avait quitté l'habitat pour ne plus jamais avoir à regarder un homme dans les yeux.

Après les refrains inventés par Katingak sur Le Bravache, plus personne n'essaya d'enlever Ivnale. Il avait montré qu'il était capable de défendre son bien par la seule force de ses paroles, une force bien supérieure, selon Ninioq, à celle du corps.

Ivnale leur avait raconté la colère de Katingak lorsqu'il était venu la reprendre dans la maison du Bravache. Il était blême, et si Akutak ne l'en avait empêché, il aurait planté son harpon dans le corps du veuf. Elle avait également raconté que Le Bravache l'avait forcée à coucher avec lui. Elle avait essayé de s'y dérober, car elle était encore fragile après son accouchement, mais Le Bravache n'avait aucune attention envers elle tant son désir était fort. Et même si c'était un bonheur pour une femme d'être désirée par un homme capable, Ivnale avait à cette occasion été très malheureuse. Le Bravache était insatiable. Il lui avait fait mal en la battant à plusieurs reprises pour obtenir sa volonté. Elle avait beaucoup pleuré durant ces jours et attendu avec grande impatience le retour de Katingak.

Après ses nuits avec Le Bravache, elle était de nouveau tombée enceinte. L'enfant, un garçon qui à présent était presque adulte, reçut le nom de son père et fut adopté par Katingak. Il lui était impossible d'en vouloir à un homme que ses propres mots avaient chassé dans la montagne pour y mourir.

Katingak aimait tout autant ce garçon que ses autres enfants. De temps à autre, il ne pouvait s'empêcher de rire en voyant combien, en grandissant, il se mettait à ressembler à son père. Le Bravache avait été un excellent chasseur et son fils semblait avoir hérité son œil aigu et sa main sûre.

À mesure que le temps avait passé, Ivnale avait oublié les côtés désagréables de l'affaire et Ninioq savait qu'à présent elle pensait toujours avec gentillesse au Bravache qui, malgré tout, lui avait donné un garçon fort et affectueux. Elle pensait aussi parfois avec pitié au pauvre arpenteur des montagnes qui cheminait à présent là-haut, sans être ni homme ni animal.

Lorsque enfin Ninioq se leva de sa couche, Katingak était déjà parti. Ivnale lui sourit et lui montra la marmite bouillonnante d'un geste encourageant. Ninioq enfila son anorak et pêcha un bout de viande qu'elle découpa en petits morceaux avec son couteau courbe.

— C'est honteux pour une vieille femme de se faire entretenir ainsi par la première femme de son fils, dit-elle. Mais le sommeil était si bon qu'on ne désirait pas l'interrompre.

Ivnale secoua la tête en riant. Elle aimait beaucoup Ninioq, davantage qu'elle n'avait aimé sa propre mère. Ninioq ne se mêlait jamais de la façon dont elle s'occupait de son foyer et donnait toujours un coup de main plutôt que de la critiquer.

— Est-ce que Manik dort ?

Ninioq hocha la tête :

— Oui, tout à l'heure il riait dans son sommeil, répondit-elle. Exactement comme en avait l'habitude son grand-père.

Après avoir mangé à sa faim, Ninioq s'installa devant la tente afin de coudre des semelles sur les kamiks qu'elle était en train de réaliser pour Kisag. Le soleil tapait et elle retira son anorak et le déposa à côté d'elle. Peu après, Ivnale sortit aussi et s'installa à ses côtés. Elle était nue, à part ses kamiks et son *natit*, la petite lanière de peau qui cachait son sexe. Elles travaillèrent chacune à leur ouvrage sans se parler. De temps à autre, l'une ou l'autre levait les yeux et laissait son regard courir du côté du fjord, où jouaient les enfants. Quelques garçons lançaient des harpons sur une tête de phoque rembourrée qu'on utilisait également pour jouer au ballon et, à quelques mètres de la plage, dans l'eau, d'autres enfants, assis dans le bateau de femmes, pêchaient le cabillaud. Parmi eux se trouvaient le fils du Bravache et les filles d'Ivnale.

Après avoir cousu les semelles sur les kamiks, Ninioq déposa sa couture et s'allongea dans la bruyère. Ceci était son monde. Où pouvait-on se sentir mieux qu'ici où tout vous était offert sans que rien ne vous soit exigé en retour ?

Elle contempla le tapis de bruyère, entretissé de petites touffes de violettes et de pavots. Il y avait bien des années de cela, elle avait été allongée dans ce même lieu, avait regardé ce même fjord, ces montagnes brunes, ce mur de glace à l'ouest où les larges coulées noires des glaciers morts reliaient le ciel bleu pâle et l'eau verte.

En contemplant ainsi la nature immuable, Ninioq avait encore plus de mal à comprendre l'anxiété et l'inquiétude qui l'assaillaient si souvent. Tout était permanent, on le voyait bien ici. Tel que le pays était maintenant, il l'avait été depuis des générations et des générations. Le monde était inchangé et si l'individu, comme les animaux et les plantes, était éphémère, les familles, elles, étaient sans doute aussi permanentes que les montagnes derrière les tentes où, aujourd'hui comme hier, les touffes d'épilobes formaient des taches rouges et roses au milieu des buissons de camarines et de myrtilles.

Tout était éternel. L'immense nature ne pouvait être anéantie, et l'homme ne faisait-il pas partie de cette nature ? Tout ce qui était vivant poussait, se reproduisait et mourait au même rythme éternel que les changements de saison. Ninioq regarda la femme de son fils. Sa peau jaune mat était encore lisse et belle et ses seins hauts et pleins sur sa poitrine tendue. Voici l'été d'Ivnale, pensa-t-elle, ce temps où l'être s'épanouit en une beauté fascinante pour assurer la continuation des générations. Elle regarda son propre corps puis ceux des filles dans le bateau. C'est ainsi, pensa-t-elle, et ce sera ainsi dans tous les temps.

3

C'était très impressionnant, réfléchissait Ninioq, de se retrouver de nouveau si nombreux dans le même camp. C'était étonnant de circuler parmi des étrangers dont le visage vous était inconnu et avec qui l'on n'avait jamais échangé une pensée. Kokouk et la plus âgée de ses femmes étaient les seuls qu'elle connaissait d'avant, les autres membres de leur tribu étant nés plus tard, ou s'y étant alliés par mariage.

Les journées passaient plus rapidement qu'elles n'auraient dû le faire parce qu'il y avait tant de choses nouvelles à voir, tant de paroles à s'échanger et tant d'informations à retenir que cela tenait à peine dans la tête d'une vieille femme.

Mais Ninioq appréciait la compagnie et les nombreuses fêtes. Il y avait presque toujours une occasion de fête quand tant de gens se trouvaient rassemblés. Tantôt un enfant qui faisait sa première dent, tantôt un garçon qui tuait son premier phoque ou une jeune fille qui avait ses saignements pour la première fois. Et s'il n'y avait pas d'occasions offertes, on faisait la fête pour faire la fête, parce que c'était l'été et qu'il faisait chaud, parce qu'il y avait beaucoup de viande et de paix entre les hommes. On faisait de grandes fêtes de chants au cours desquelles Kokouk, Akutak et certaines vieilles femmes battaient le tambour et chantaient des chansons d'autrefois. Des chants si anciens que les paroles en étaient incompréhensibles puisque la langue qu'utilisaient les hommes en ces temps-là était différente de celle qu'on parlait maintenant.

Mais bien que tout se passât pour le mieux, l'inquiétude continuait à tourmenter Ninioq. Peut-être était-ce une requête de l'âge, pensait-elle, un souhait de voir une longue vie se conclure avec un sens, ou une explication. Auquel cas l'inquiétude était sans aucun doute stupide. Car la vie ne donne aucune explication et n'a pas d'autre sens que la continuation de l'espèce. Mais justement, c'était peut-être ce dernier point qui était à l'origine de son inquiétude.

Elle avait retrouvé les kayaks de pierre de son enfance et s'y rendait souvent le soir, quand le soleil éclairait si magnifiquement le fjord. Elle se remémorait alors les jours passés. Elle pensait beaucoup aux gens qui avaient disparu du pays. Peut-être la petite tribu de Kokouk allait-elle être la dernière qu'ils rencontreraient. Peut-être n'existait-il plus d'autres hommes dans le monde, peut-être ne restait-il que ceux qui étaient réunis là dans le fjord de Kerkertak. Il était en tout cas indéniable que cela faisait longtemps qu'ils n'avaient pas contemplé de visages étrangers et que, partout où l'on voyageait, on ne rencontrait que ruines de maisons et emplacements de tentes abandonnés.

Elle se demanda si le monde avait jeté un sort sur les hommes ou si c'étaient au contraire les hommes qui avaient jeté un sort sur le monde. Ce monde et cette vie qu'elle connaissait, elle les avait toujours acceptés comme une évidence et n'avait jamais réfléchi à une origine ou une cause. Elle avait vécu comme un être humain, ne se souciant que des puissances supérieures qui régissaient tout. Plus elle y réfléchissait, plus il lui semblait clair que c'était sans doute l'homme qui avait manqué à ses devoirs envers les forces de la nature et donc envers lui-même.

Chacun savait en effet que tout dans la nature était régi par des propriétaires. Chaque chose avait son propriétaire. La mousse, les pierres, le vent, les légendes, le nom de l'homme — tout. Rien de ce qui appartenait à la terre ou aux mondes surnaturels qui n'eût son propriétaire.

La terre et la mer reposaient sur des piliers et, sous ces piliers, se trouvait le monde souterrain. On n'y avait accès qu'à travers la mer ou encore par certaines failles dans les rochers. Le ciel, lui, était soutenu par une immense montagne, peut-être celle qu'Attungak et Kokouk avaient vue à l'ultime frontière du monde. Et entre ciel et terre se trouvait ce monde supérieur où les Têtes Tristes se rendaient après la mort. Le ciel était un endroit froid et sinistre où les âmes des morts s'appelaient *arssartut*, les joueurs de ballon, parce que leur seul divertissement était de jouer au ballon avec une tête de phoque, ce qui donnait naissance aux aurores boréales. Quand Ninioq pensait au monde supérieur, cela la rendait mélancolique, parfois même anxieuse. Elle craignait une existence en tant que corps céleste et souhaitait ardemment que, quand ce temps viendrait, elle rejoindrait le monde souterrain. Là vivaient les *arsussut*, les défunts heureux. Ils y vivaient dans l'abondance, il faisait bon et chaud, et il y avait là un grand nombre de personnes aimables.

Elle réfléchissait souvent aux rapports compliqués de la propriété. Tout avait son propriétaire et, sur chaque propriétaire, régnait une puissance supérieure qui, à son tour, avait de nombreux esprits-assistants. Le plus puissant d'entre tous était Tornarssuk dont les hommes devaient solliciter la bienveillance. Il habitait le monde souterrain avec les défunts heureux et c'était lui auquel Akutak avait rendu visite plusieurs fois au cours de ses voyages de l'âme.

Ninioq déduisait de toutes ces considérations que sans doute l'homme avait déplu depuis un certain temps à Tornarssuk et par là même était en train de ruiner son propre avenir.

Jamais elle n'avait craint Tornarssuk. Il était le maître de tout, il était en tout, et donc en elle-même aussi. De temps en temps, lorsque à une occasion ou une autre elle avait l'impression de perdre son équilibre, elle sentait sa proximité. Certains disaient qu'il était grand comme un doigt, d'autres comme un ours, et il avait été aperçu à la fois sous forme d'animal et sous forme humaine. Ninioq ne l'avait jamais vu, mais elle l'avait perçu.

Non, elle ne craignait pas le plus puissant, mais il y avait bien d'autres êtres dont elle avait peur et dont elle s'était toujours méfiée. Il y avait les hommes marins qui étaient les propriétaires de la mer et à qui elle n'oubliait jamais de jeter de la viande de renard, la meilleure chose qu'ils connussent. Il y avait aussi Tornit qui possédait l'inlandsis et entendait les pensées des hommes. Il y avait le peuple des nains aux armes dangereuses, Amarok, qui arrachait l'âme de ceux qu'il rencontrait, et Erkigdlit qui était mi-homme mi-chien et horrible à voir. Oui, il y avait beaucoup de choses à craindre dans ce monde et beaucoup d'êtres à qui il ne fallait pas déplaire.

Ninioq était assise par terre dans le cercle de pierres à la construction duquel elle avait participé enfant. Elle était absorbée par ses pensées lorsqu'un grand cri venu du camp la rappela à la réalité. Elle se leva et regarda vers le fjord. Une fille remontait en courant la plage vers les tentes et Ninioq entendit le cri répété d'*angmagssat* déchirer le profond silence.

Ah, *angmagssat* ! Un frisson heureux la parcourut. Elle regarda vers le large et vit au loin une grande bande d'oiseaux de mer. Ils tournaient sans doute au-dessus d'un banc d'*angmagssat*, un banc de ces petits poissons luisants et argentés qui remontaient vers la plage pour frayer. Cela promettait d'abondantes provisions d'hiver.

En redescendant vers le camp, elle ne put s'empêcher de sourire de ses sombres pensées. En tout cas, il semblait bien que ni la tribu de Katingak ni celle de Kokouk n'avaient déplu aux puissances supérieures.

On allait maintenant pouvoir sortir des masses de bonne nourriture substantielle de la mer et se servir d'abondance parmi les oiseaux et les phoques qui pourchassaient le banc.

C'était un grand banc. Ils le suivirent avec les bateaux de femmes quand il remonta vers l'intérieur du fjord jusqu'à une plage de galets où les capelans allaient frayer. Les hommes en kayak se tenaient sur les côtés du banc et, sur la plage, les garçons attendaient avec leurs harpons à oiseaux et leurs lance-pierres.

Ninioq avait souvent vécu des chasses à l'*angmagssat*. Mais jamais elle n'avait vu un aussi gros banc que celui-ci. Le fjord scintillait comme s'il avait brusquement été noyé sous la lumière de la lune d'une nuit d'hiver. L'eau bouillonnait de poissons et à leur suite venaient les phoques. Au-dessus tournaient en criant des mouettes, des eiders, des mergules et toutes sortes d'autres oiseaux en nuages remuants.

Dans les bateaux, les femmes commencèrent à plonger les puisettes dans l'eau et à jeter leur butin à bord. Les garçons lançaient leurs harpons et leurs pierres vers les bandes d'oiseaux au ras de l'eau, sans même viser. Très vite, l'eau se couvrit d'oiseaux morts ou blessés que les femmes repêchaient.

Les chasseurs avaient pénétré un peu dans le banc et harponnaient les phoques qui, aveuglés par leur voracité, se gorgeaient de capelans. C'étaient des phoques grassouillets qui flottaient bien sur l'eau. Dès qu'un chasseur en avait tué quelques-uns, il les attachait ensemble et les laissait dériver vers la plage avec le courant de la marée montante.

Ils pêchèrent et chassèrent toute la nuit. Mais personne ne ressentit la fatigue avant que le banc ne reparte vers la mer. Les bateaux de femmes étaient alors prêts à couler sous le chargement, et la plage remplie de phoques morts. Jamais Ninioq n'avait vécu pareille chasse. Il y avait des poissons, des oiseaux et des phoques en si grandes quantités qu'aucun homme ne pouvait se le représenter. C'était franchement difficile de croire ses propres yeux et encore plus difficile de s'imaginer que tout cela appartenait à leur tribu. Une telle abondance relevait des récits dont on s'entretenait durant les longues nuits d'hiver, et il semblait à Ninioq que cette chasse fabuleuse était hors de la réalité comme l'étaient les grandes années de *savssat* ou les fantastiques chasses au renne.

Elle regarda la plage. Sable et galets étaient couverts d'une épaisse couche d'œufs de poissons déposés par les capelans, et des corps d'oiseaux clapotaient dans les petites vagues qui venaient mourir sur le sable. Quand le bateau toucha terre, elle enjamba le monceau de poissons et monta sur la plage. Elle se pencha et ramassa une poignée d'œufs. Manik arriva en courant, des mouettes plein les mains.

— Regarde, Ninioq, c'est moi qui les ai attrapées ! cria-t-il.

Elle regarda son butin avec admiration et le laissa goûter aux œufs.

— Tu m'avais promis une fois de me faire un renne si on attrapait des *angmagssat*, dit-il, tu veux bien ?

Elle approuva de la tête. Elle prit une poignée de capelans dans le bateau et s'assit sur le bordage.

— Regarde, dit-elle. D'abord tu enlèves les nageoires, comme ça, ensuite tu en découpes une dans le sens de la longueur et tu enfonces les autres chacune dans un trou. Tu vois ? Ça, ce sont les pattes et les deux longues, les oreilles.

— Ça en fait, de grandes oreilles ! dit Manik. Les rennes ont de si longues oreilles ?

— On va en couper un petit bout, comme ça, ça ira mieux.

Ninioq tint le renne devant elle et le contempla, les yeux plissés. C'était un renne pitoyable, mais c'était un renne que de tout temps les enfants avaient fait avec ce petit poisson.

Celui-ci plaisait à Manik. Il fit en courant le tour de la plage pour le montrer à ses camarades et, très vite, chaque garçon avait fabriqué son propre renne qu'il tentait d'abattre avec des bâtonnets, élevés au rang de harpons.

On attacha les chiens qui avaient eu le droit de s'empiffrer de viande d'oiseau et de phoque et on posta un garçon dans chaque bateau de femmes pour éloigner les voleurs du ciel. Puis les femmes commencèrent à découper les phoques et les oiseaux et à retirer les entrailles. Quand les hommes réalisèrent qu'il y avait plus de travail que ce qu'elles n'arriveraient à faire, ils aidèrent au dépeçage. Le soleil commença à chauffer et ils s'aperçurent alors que la nuit avait passé et qu'un nouveau jour commençait.

Après avoir dormi, on se rassembla devant la tente de Kokouk pour faire fête à toutes ces merveilles. Cela faisait longtemps que l'on n'avait pas eu de nourriture aussi riche et diversifiée. Il y avait presque de tout dans les grosses marmites en pierre. Oiseaux, animaux marins, eiders cuits entiers et délicieuses jeunes mouettes. Il y avait des côtes de phoque marbré, du foie frais et riche en sang, des intestins, des cœurs et bien d'autres choses savoureuses. Mais surtout, il y avait ces merveilleux petits capelans bouillis.

Ninioq mangea jusqu'à se sentir mal. La nourriture était si abondante et les saveurs si tentantes qu'elle ne pouvait s'arrêter. Son envie de manger était encore si grande qu'elle alla derrière la tente vomir le contenu de son estomac, au grand bonheur des chiens, et vint se rasseoir auprès des marmites, soulagée et prête à continuer. Tout en mangeant, elle retirait les vertèbres des *angmagssat* et les enfilait sur de longs fils en nerf pour en faire de beaux colliers.

Quand la première faim fut satisfaite et qu'on s'allongea pour jouir de l'ivresse de la viande, Kokouk se mit à raconter une autre pêche à l'*angmagssat* à laquelle il avait participé bien des années auparavant. Ce n'était pas tant la pêche elle-même qu'il désirait raconter, leur dit-il, puisque maintenant même les jeunes savaient ce que c'était, mais il lui était revenu en mémoire ce qui s'était passé après cette pêche, quelque chose qui pourrait sûrement être très instructif pour la jeunesse. Il suça la moelle d'un os, le jeta aux chiens et s'approcha du feu.

— Nous venions d'étaler les *angmagssat* sur les rochers lorsqu'une vision étrange apparut sur la mer, commença-t-il. Certains pensèrent que c'était un iceberg de forme bizarre et qu'il était sans doute ensorcelé puisque, malgré le courant portant au sud, il dérivait vers la côte. D'autres crurent que c'était l'écran de chasse d'un kayak du peuple des géants mais, au bout d'un certain temps, nous avons vu que c'était un grand bateau, sans rames, mais avec des peaux blanches suspendues sur des piliers de bois flotté. Personne n'avait jamais vu un si grand bateau. Il s'approchait sans bruit de la côte, à une vitesse tout à fait incroyable. Et comme nous avions peur qu'il y ait à bord des êtres malveillants, nous avons couru nous cacher dans les montagnes d'où nous pouvions l'observer sans être vus.

Kokouk fit une longue pause. Une grosse ride s'était dessinée entre ses sourcils et chacun pouvait voir qu'il revoyait en pensée cette étrange embarcation.

— C'était un bateau tout à fait incroyable, reprit-il. Il venait sans doute d'un pays inconnu et devait être peuplé d'esprits — c'est ce que nous avons pensé alors. Aucune main d'homme n'aurait pu construire un tel bateau, capable d'avancer tout seul au travers du puissant courant.

« Il est arrivé jusqu'au fond de la baie où se trouvait l'habitat, a tourné sur lui-même et s'est arrêté. Quelques-unes des peaux blanches ont été enroulées par les esprits et, peu après, ils ont mis un petit bateau à l'eau.

Celui-là était d'une taille presque naturelle et n'avait pas la capacité de l'autre de se mouvoir sans aide. Mais il était quand même étonnant parce qu'il était entièrement construit avec du bois précieux et portait des couleurs que l'on ne peut pas produire soi-même. Les rames de ce bateau-là étaient menées par les esprits qui venaient de descendre du grand bateau.

Kokouk jeta un regard sur ses auditeurs et hocha la tête.

— Oui, c'étaient en vérité d'étranges esprits. Ils étaient habillés de vêtements qu'aucun homme n'avait jamais vus avant, des vêtements en peaux inconnues, souples et très colorées. Et là où ces esprits n'étaient pas couverts, on voyait une peau rosâtre, tout à fait différente des couleurs de peau vues jusqu'alors. Leurs cheveux aussi étaient fantastiques. Il y avait des cheveux de la même couleur que les buissons de myrtilles, des cheveux semblables au pelage de l'ours, il y avait des esprits sans cheveux, ce qui était effrayant, et il y avait des cheveux aussi rouges qu'un coucher de soleil.

Le cercle autour de Kokouk retint son souffle. Ils regardaient avec stupéfaction ce vieil homme qui avait vécu tout cela. Kokouk hocha la tête d'un air significatif. Il saisit un bol et le plongea dans le baquet à eau. Lentement, il le vida puis s'essuya la bouche du dos de la main.

— Oui, aussi vrai que je suis assis ici, il y avait des cheveux aussi rouges qu'un coucher de soleil, répéta-t-il, et il poursuivit : Heureusement, il allait très vite apparaître que ces esprits étaient bien disposés envers les hommes. En effet, ils ont apporté des cadeaux sur la plage et les ont placés bien en vue pour que chacun puisse se servir. Et comme pour nous donner confiance, ils se sont retirés sur leur précieux bateau où ils se sont assis, attendant de voir si leurs cadeaux étaient souhaités.

Kokouk se racla la gorge et cracha dans le feu.

— On était parmi ceux qui se sont avancés vers les cadeaux. Ah, et quelles merveilles, quelles choses extraordinaires il y avait là !

Il sourit à ce souvenir et ses yeux étincelaient comme s'il les voyait encore devant lui.

— Il y avait de petites pierres tout à fait plates, dans lesquelles on pouvait voir son visage, des couteaux brillants et acérés, d'un matériau inconnu, des couteaux qui pouvaient durer toute une vie d'homme. Et il y avait des courroies en fils de nerfs tressés, qui devaient provenir d'un animal du monde des esprits car ils étaient plus solides et plus fins que ceux qu'on utilise dans le pays des hommes. En plus il y avait des perles, des rubans, de lourdes marmites noires, des aiguilles à coudre et des récipients bruns remplis d'eau claire. Nous avons tout regardé et nous sommes restés là quand deux des esprits du bateau se sont approchés. Ils portaient de longs bâtons dans les mains et plus tard nous avons appris que c'était une sorte d'armes pointues, possédant une capacité de tuer incroyable et produisant un très grand bruit.

« Comprendre la langue de ces étrangers était complètement impossible. Leurs sons étaient comme retenus d'une façon étrange au fond de leur gorge. Comme s'ils n'arrivaient pas à les faire remonter assez haut pour former une langue compréhensible. Ils avaient l'air aimables, et ils prenaient nos mains qu'ils voulaient absolument garder un court moment, ce qui se montra être la coutume de là d'où ils venaient.

Kokouk tendit une main vers Katingak pour faire la démonstration de la façon de saluer des esprits.

— Ah oui, ce fut vraiment une visite heureuse, dit-il. Les étrangers ne désiraient pas plus que ce que nous pouvions leur donner. Et ils nous offraient toutes sortes de merveilles et se montraient même contents et reconnaissants pour les quelques pauvres peaux que nous pouvions leur offrir en échange.

« À bien des points de vue, ils ressemblaient aux hommes. Ils mangeaient la même viande que nous et leur intérêt pour les peaux était aussi grand que celui d'un homme. Ils couchaient aussi avec les femmes comme les autres hommes, ce qui étonna beaucoup les femmes. Mais elles étaient heureuses et satisfaites de pouvoir ainsi, elles aussi, montrer de l'hospitalité. Au fond, c'était comme si ces esprits avaient de plus grands besoins que les hommes. En tout cas, ils étaient très contents des femmes de l'habitat, à qui ils allaient rendre visite plusieurs fois par jour. Avec certaines des femmes, nous avons eu l'autorisation de monter à bord du grand bateau où nous avons vu des choses indescriptibles et une grande abondance. On avait l'impression qu'ils vivaient surtout d'huile et de viande de baleine car il y avait de grands secteurs remplis de tonneaux d'huile fermés et de gros morceaux de viande de baleine un peu partout sur le pont du bateau. Oui, ces étrangers avaient beaucoup de savoirs et beaucoup de richesses. On voyait cela à leur bateau mais aussi aux marmites qui étaient si grandes que toute la tribu aurait pu faire son repas dans une seule d'entre elles. On le voyait aussi à leurs vêtements et à leurs armes magiques et surtout à cette eau puissante conservée dans les récipients bruns. Ces récipients, qui en soi étaient assez fragiles et qu'il ne fallait pas laisser tomber par terre, contenaient une eau aux qualités merveilleuses. Dès qu'on en avait bu, on était comme possédé. Tout le corps devenait mou, on perdait le contrôle de ses membres et on se sentait incroyablement exalté.

Kokouk secoua la tête.

— Non, c'est impossible de décrire l'effet de cette boisson.

Il fixa le feu et fit une longue pause. Tout le monde était muet et captivé. Un bébé se mit à geindre mais on lui enfonça immédiatement un téton brun dans la bouche pour qu'il ne dérange pas l'envol des pensées de Kokouk.

— Oui, c'était une boisson incroyable dont on garde la nostalgie toute sa vie, une fois qu'on y a goûté. Les esprits eux-mêmes en buvaient souvent mais ils en étaient affectés différemment que les hommes. Ils la supportaient d'une autre façon, me semble-t-il. Ils devenaient bruyants et violents et se battaient pour les femmes alors qu'il y en avait assez pour tout le monde.

« Ils sont restés chez nous pendant trois jours. Des jours inoubliables dont on aurait aimé parler davantage. Mais cela fait tant d'années qu'on a oublié beaucoup de choses. Seul est resté le goût de l'eau puissante. Quand ils sont partis, beaucoup de femmes ont pleuré et nous autres avons regretté leur compagnie et l'eau des récipients bruns. Depuis, on n'a plus jamais revu le bateau aux peaux blanches. Mais on a entendu dire qu'ils ont rendu visite à d'autres habitats, pour le bonheur des hommes qui y vivaient.

Il soupira profondément.

— Peut-être n'est-il accordé à un homme de voir ce bateau qu'une seule fois dans sa vie.

Pour prouver la véracité de son récit, Kokouk sortit un couteau en fer. La lame en était fine et usée mais chacun put la prendre en main pour sentir qu'elle était faite d'un matériau singulier et que cela devait être un grand bonheur d'être le propriétaire d'un tel couteau.

Ninioq avait déjà entendu parler de cet étrange bateau qui surgissait parfois dans le monde des hommes. Elle avait également eu l'occasion de voir d'autres objets précieux provenant du bateau des esprits. Ainsi, à Pigsiarfik, elle avait parlé avec une femme qui avait en sa possession une aiguille. Sans doute était-elle du même matériau que le couteau de Kokouk, en tout cas elle était brillante et extrêmement pointue. La femme avait raconté que c'était un cadeau de ces esprits qui ressemblaient à des hommes et qui avaient eu la gentillesse de coucher avec elle à plusieurs occasions. Ninioq et la femme avaient ri de tout cela parce qu'elles se demandaient comment il était possible de se séparer d'une aiguille aussi précieuse contre un petit moment avec une pauvre femme.

Souvent, dans sa jeunesse, Ninioq avait souhaité que le bateau porté par les peaux blanches accoste chez eux. Elle se serait alors procuré une aiguille en couchant avec les étrangers. Avec une telle aiguille, elle aurait pu coudre des vêtements merveilleux pour toute sa famille.

Après avoir mangé de nouveau, on parla de ce que l'on ferait de ces grandes quantités de viande et de poisson. On se mit d'accord pour en sécher une partie sur place, que l'on transporterait au fur et à mesure jusqu'aux fosses à viande d'Inugsuk. Le reste, on le sécherait sur une petite île où on viendrait le rechercher au moment de retourner à l'habitat d'hiver. Ninioq se proposa pour rester sur l'île jusqu'à ce que la viande soit séchée et les *angmagssat* enfilés sur les longues courroies. Elle avait envie d'être un peu seule avec elle-même pendant un temps. Depuis longtemps maintenant, ses réflexions inquiètes fouettaient son esprit comme des averses orageuses et elle espérait que la solitude lui apporterait une clairvoyance longtemps désirée.

Lorsque son petit-fils Manik apprit qu'elle allait partir, il demanda à son père l'autorisation de l'accompagner. Il l'aiderait à retourner la viande, à chercher de l'eau et à éloigner les mouettes et les cormorans des étendoirs. Il s'occuperait de Ninioq si elle tombait malade et pourrait l'aider pour toutes sortes de choses. Si seulement il pouvait l'accompagner ! Ivnale rit et dit qu'il serait davantage une gêne qu'un soutien mais Katingak, qui savait combien l'enfant était lié à Ninioq et pensait par ailleurs que cela pourrait être utile à un garçon de sept ans de faire ses expériences indépendamment de la tribu, lui en donna l'autorisation. L'un des bateaux de femmes amènerait donc Ninioq et le garçon sur l'île le lendemain et ferait ensuite un autre tour pour amener les chiens sur une autre île.

L'île, qu'on appela Neqe, était un tout petit îlot dont Manik aurait pu faire le tour à pied en une matinée.

Elle fut appelée Neqe comme on appelle les îles à viande et elle était tout à fait adaptée à ce but. Des rochers bas et plats s'élevaient en pente douce de la mer vers un petit lac situé à peu près au milieu de l'île. Autour des rochers et du lac poussaient de la bruyère, du lin sauvage et des airelles. C'était une belle petite île d'où l'on avait la vue de tous les côtés. Sur la mer et la banquise, sur la terre ferme, ses hautes montagnes et ses couloirs de vallée, et sur la longue île plate de Kerkertak, au nord.

Ce n'était pas la première fois que Ninioq allait passer un été sur une île à viande. Elle aimait ce lent quotidien qui lui offrait la paix et le temps de développer toutes sortes de pensées. Par ailleurs, il était toujours agréable pour une vieille femme d'être relativement active et utile pendant un temps déterminé.

Elle avait déjà fait cette expérience deux fois. Il fallait étaler et retourner la viande et les poissons, et veiller à ce que les cormorans et les autres oiseaux de mer laissent les provisions en paix. Les deux fois précédentes, elle avait eu la compagnie de Kajutak, Sleven comme elle s'appelait, la femme du célèbre meurtrier Agdlertoq. Agdlertoq avait été un homme possédé qui, comme le gendre de Ninioq en son temps, avait tué beaucoup de personnes tout à fait sans raison. Tout d'abord ses compagnons l'avaient laissé faire dans l'espoir que le mal le quitterait, mais à la fin ils avaient perdu patience et l'avaient tué. C'était Katingak qui l'avait tué au harpon, après quoi les meurtriers avaient mangé son foie puis avaient découpé son corps en plusieurs morceaux qu'ils avaient immergés à différents endroits dans la mer. Ainsi lui avaient-ils offert la paix, ainsi qu'à eux-mêmes.

Peu de temps après, Kajutak était morte sans que rien ne le présage. La veille de sa mort, elle avait aidé une de ses belles-filles à accoucher et avait tenu le nouveau-né au-dessus de la lumière de la lampe pour que tout le monde puisse le voir. Puis elle lui avait frotté la bouche avec de l'eau et lui avait donné le nom d'Agdlertoq dont l'âme-nom avait erré depuis sa mort.

Le lendemain matin, on l'avait retrouvée glacée sur sa couche, presque collée au mur par le gel.

Aussi cette année, ce ne serait donc pas Kajutak qui allait tenir compagnie à Ninioq mais son petit-fils Manik et, de façon tout à fait inattendue, Kongujuk la rhumatisante.

Au fond, Kongujuk n'aurait nullement dû venir sur l'île. Personne ne l'avait proposé et personne n'avait pensé à cette vieille femme épuisée lorsqu'on avait parlé de ce projet. Mais au moment où Ninioq et Manik montaient à bord, Kongujuk arriva en boitillant, aussi vite que le lui permettait sa hanche endolorie.

— Attendez ! cria-t-elle en agitant vivement la canne que son fils adoptif avait taillée dans une défense de narval. Attendez une vieille carcasse qui par hasard a retrouvé le goût de la jeunesse pour le voyage !

Son fils adoptif secoua la tête avec inquiétude. Il lui demanda de retourner à la tente car l'île à viande n'était pas quelque chose pour ses membres fatigués. Mais elle s'entêta.

— Il arrive ceci, dit-elle en atteignant la plage, que l'on se sent inutile et troublée parmi tant de personnes. Peut-être sur l'île à viande pourra-t-on encore être un peu utile. Et on a aussi envie d'être un peu seule avec une vieille amie qui ne parle pas beaucoup. Ici tout est devenu trop bruyant et mon propre fils adoptif est déraisonnable et exige davantage que ce que l'on aime se voir demander.

Tous ceux qui se trouvaient sur la plage se mirent à rire en entendant ces paroles. Ils savaient tous que son fils adoptif n'exigeait rien d'elle en échange du toit et de la nourriture. C'était un homme bon et tolérant qui l'épargnait de toutes les manières possibles.

Kongujuk ne prêta aucune attention aux rires.

— Mais bien sûr cela dépend de Ninioq, si elle m'accepte comme compagne, dit-elle tout en suppliant son amie du regard.

Ninioq, qui comprenait que Kongujuk avait certainement, comme elle-même, des pensées à éclaircir, n'y voyait aucun inconvénient. Elle et Kongujuk se connaissaient depuis de nombreuses années. Elles avaient presque le même âge et, mis à part les cinq années de voyage de Kongujuk, elles avaient toujours vécu dans le même habitat. Elle tapota le banc d'un geste encourageant et dit que Kongujuk était plus que bienvenue.

Ce fut donc comme l'avait souhaité Kongujuk. On l'aida à franchir le bordage et elle gagna avec difficulté l'arrière du bateau en enjambant le tas de poissons. Là elle se mit à agiter joyeusement sa canne tout en lançant les appels au départ habituellement réservés aux chiens de traîneau.

— Schhh, schhy, allez ! Où sont vos forces ?

Elle frappait le bordage avec sa canne comme on frappe la corde du traîneau.

— L'été vous a ramollis, oui, trop de nourriture et pas assez de travail ! Allons, ça vient ?

Elle jetait ces cris aux hommes qui devaient manœuvrer le lourd bateau.

— Faut-il donc qu'un petit garçon et deux vieilles femmes fatiguées prennent les rames ? Va-t-on rester là jusqu'à ce que le poisson pourrisse et devienne immangeable ?

Les hommes riaient et se mirent à ramer de plus belle. Le bateau de femmes quitta lentement terre et déboucha dans le fjord. Ninioq était silencieuse. Elle ressentait une impression un peu oppressante, comme si tout ce qu'elle voyait là-bas, la plage, les tentes, les animaux et les hommes, était irréel, comme si tout n'était qu'une illusion des sens. Un peu comme lorsque, sous l'effet d'une simple odeur, on voit soudain devant soi un estomac fumant de renne tout juste découpé, ou bien qu'un son vous rappelle un événement oublié depuis longtemps. Pourtant, tout était bien réel là-bas sur la côte. Elle voyait et elle entendait.

Mais était-ce vrai ? N'était-ce pas une illusion, le mirage de quelque chose qu'elle avait déjà vécu ? Cette réalité existait-elle et, si oui, la vivrait-elle à un autre moment comme une illusion ?

— On devient vieux, murmura-t-elle, et on a beaucoup de pensées bizarres.

Kongujuk lui jeta un coup d'œil et, sans cesser de balancer le fouet invisible au-dessus des chasseurs, lui demanda :

— Qu'est-ce que tu dis ?

Ninioq secoua la tête. Elle ne répondit rien mais continua à fixer le camp jusqu'à ce qu'il soit caché par le promontoire qu'ils contournaient.

Quand ils furent arrivés sur l'île, Ninioq fit monter la tente sur la côte sud, à proximité de trois grottes ouvrant sur la mer. Elle avait l'intention d'y entreposer la viande dès qu'elle aurait séché.

Un autre bateau de femmes rempli de poissons et de viande fut amené sur l'île au cours du lendemain. Ninioq porta les nouvelles provisions jusqu'aux rochers dénudés où Kongujuk et Manik les étalaient. C'était un dur travail qui les occupa du matin au soir et ils s'endormirent lourdement, dès qu'ils furent allongés sous les peaux.

Sous la chaleur du soleil, les poissons et la viande ne mirent pas longtemps à se ratatiner et à prendre une couleur sombre, presque noire. Très vite, ils purent enfiler les capelans sur les longues courroies qu'ils enroulaient ensuite en grandes roues. Manik tirait les roues jusqu'aux grottes où on les entreposait. Puis Ninioq et lui ramassèrent des pierres plates qu'ils entassèrent devant l'entrée.

Bien des jours s'écoulèrent avant que les kayaks ne reviennent. Mais le temps était passé si incroyablement vite pour les trois occupants de l'île qu'ils n'arrivaient pas à comprendre que l'on venait déjà les chercher.

Cette fois, les kayaks traînaient derrière eux deux bateaux de femmes. Lorsque les hommes descendirent à terre, Katingak expliqua que l'un des bateaux devait être chargé de la viande déjà prête car on pensait l'amener dès maintenant à l'ancien habitat d'hiver. En effet, on était en route pour cet habitat afin d'y construire une grande maison collective pour Kokouk et sa tribu. L'autre bateau, ils l'avaient amené parce qu'il avait besoin d'une révision des peaux et Ninioq reconnut le bateau de Kokouk. Elle était soulagée de pouvoir rester encore un peu sur l'île et accepta volontiers de changer certaines des peaux et de tendre les autres.

Les chasseurs racontèrent que la pêche avait été bonne et que l'on avait décidé de revenir pour l'hiver dans l'ancien habitat d'Inugsuk. Il y avait déjà là des maisons pour beaucoup de personnes et il suffisait donc d'en construire pour Kokouk et sa famille. Ils racontèrent aussi qu'un autre jeune couple s'était marié et que les tribus maintenant, grâce aux nombreux liens de famille, étaient presque fondues.

Ils avaient apporté de la graisse de lampe en abondance ainsi que du foie de phoque et du *mattak*. Et l'on promit aux insulaires que l'on viendrait les chercher à temps pour qu'ils puissent participer à la cueillette des baies.

Katingak demanda à Manik s'il voulait revenir avec lui mais le garçon préférait rester sur l'île. Il était fermement persuadé qu'on ne pouvait se passer de lui et que Ninioq ne tiendrait pas s'il ne restait pas là pour s'occuper d'elle. Katingak l'écouta avec attention et hocha la tête avec fierté. Avant de s'installer dans son kayak, il donna à son fils un harpon d'adulte et lui révéla qu'il était en train de lui construire un kayak.

Kongujuk n'était pas descendue sur la plage pour accueillir les visiteurs. Elle restait allongée dans la tente depuis quelques jours car ses jambes étaient à présent si faibles qu'elles ne pouvaient plus servir. Son fils adoptif monta donc à la tente pour la convaincre de retourner avec lui mais, après un moment, il revint seul sur la plage.

— Elle souhaite rester là où elle est, dit-il doucement.

Il s'assit dans son kayak et ne parla plus à personne.

4

Ce soir-là, ils mangèrent des vivres apportés par les kayaks. Même Kongujuk se laissa tenter par les mets appétissants et réussit à en avaler un peu, bien qu'elle eût perdu le goût de manger. Pendant le repas, elle resta silencieuse et ce n'est que lorsque Manik fut endormi, avec son nouveau harpon serré dans les bras, qu'elle dit :

— Maintenant, c'est fini. *Ija, iija*, fini, tout est fini.

Elle prononça ces mots comme une conjuration ou une incantation de sorcellerie.

Ninioq ne répondit pas car il n'y avait pas de réponse à cela. Ses mots étaient vrais et il était impossible de les contredire. Il était évident que Kongujuk était au bout de sa vie. Peu après, la malade dit d'une voix douloureuse, presque rauque :

— On a eu un rêve ce matin, Saqaq. On aimerait le raconter.

Elle triturait avec gêne la peau de phoque de ses mains maigres.

— Les douleurs étaient devenues si fortes qu'on a perdu conscience. C'était comme si l'âme m'avait quittée pour retourner à ce qui fut autrefois.

Ninioq se retourna pour s'allonger sur le côté. Elle regarda le visage de Kongujuk. Un visage fatigué, aux yeux éteints et caves, et sillonné d'un réseau de rides grossières. Sa peau jaune foncé, tendue sur les pommettes, semblait s'étendre en deux larges ailes remontant presque jusqu'au sommet du crâne, là où elle avait perdu ses cheveux.

— On aimerait raconter son rêve parce que ainsi, peut-être, il sera raconté à une troisième personne quand on ne sera plus là, poursuivit Kongujuk.

Elle regarda Ninioq et sourit :

— Nous deux, nous avons toujours parlé de tout dans la vie et c'est pourquoi on a envie de te le raconter à toi.

Ninioq hocha la tête pour l'encourager :

— Et qu'a-t-on rêvé ?

Kongujuk laissa glisser son regard sur le toit incliné de la tente.

— On a rêvé de son pourvoyeur. D'abord en drôles d'images fuyant en avant et en arrière ou bien s'élevant constamment... c'est presque impossible à expliquer. C'était un peu comme lorsqu'on vous fait tourner très vite sur vous-même et qu'on voit tout en formes étirées et floues. Puis, soudain, il est apparu très clairement, il était là, vivant, un homme dans la force de l'âge. On le voyait dans ce pays dans lequel il m'avait emmenée après m'avoir enlevée de l'habitat. On le voyait gravir un monticule et rester immobile à contempler le paysage. C'était comme si, dans le rêve, on sentait que son pourvoyeur était un grand homme et que le pays lui appartenait. On voyait aussi le pays qu'il contemplait. Une grande plaine, aussi loin que portait le regard, une plaine nue et déserte parsemée de petits trous d'eau, là où la glace et la neige avaient fondu.

Elle cessa de triturer la peau et leva ses mains vers le plafond.

— C'était mon pourvoyeur, Saqaq, je le voyais nettement. Il dilatait ses narines et inspirait avec avidité l'air froid et mordant. C'était comme s'il flairait le pays. Et bien que ce soit un rêve, on sentait l'odeur des baies noires et bleues, des camarines et des airelles, et on avait sur la langue leur goût sucré et familier.

Kongujuk se retourna en gémissant sur le côté.

— Donne-moi un peu d'eau, demanda-t-elle.

Ninioq poussa le baquet à eau vers elle et orienta l'os creux qui lui servait à boire afin qu'elle puisse en atteindre l'embouchure.

— Qu'as-tu rêvé encore ?

Kongujuk relâcha l'embouchure et soupira profondément.

— Oui, dans le rêve suivant, il était là aussi. Il revenait dans la tente qu'on habitait. Nous avions notre propre tente, sa mère et les rameuses partageaient l'autre. Il venait vers moi, s'allongeait sur moi sur la couche et je remontais les peaux sur son dos. Pendant longtemps, il restait ainsi à s'imprégner de la chaleur de mon corps. Je prenais sa nuque entre mes mains et amenais son visage contre mon cou. Ah, Saqaq, quel bon temps c'était ! Ses longs cheveux couvraient mon visage et on sentait leur humidité à mesure qu'ils dégelaient.

Elle soupira de nouveau, un soupir provoqué cette fois par le souvenir.

— C'était un beau rêve, Saqaq, tout était tellement réel et vivant.

Les yeux fermés, elle continua :

— Il a toujours pu me réveiller, mon pourvoyeur. Comme dans le rêve. On ne pouvait s'empêcher de presser son corps contre le sien et cela lui faisait soulever la tête et sourire. Tu te souviens de son sourire ? Il était tellement contagieux !

Elle remua lentement la tête d'un côté à l'autre et chuchota :

— Tu te souviens de son sourire, Saqaq ?

Avant que Ninioq ait eu le temps de répondre, elle poursuivit :

— La fatigue engendrait toujours son désir. C'était étrange mais il m'a souvent raconté que c'était comme ça. Plus il était fatigué, plus son désir pour moi devenait grand. Son sourire se transformait en rire et il posait une main sur mon dos et m'attirait à lui.

Kongujuk se tut un moment. Elle avait les yeux fermés et respirait par petits à-coups. Ninioq comprit que les douleurs devaient déferler sur elle en vagues incessantes et être presque insoutenables. Elle plongea une main dans l'eau et la posa sur le front de sa vieille amie. Un long moment s'écoula sans qu'aucune des deux ne parle. Puis Kongujuk ouvrit les yeux et chuchota d'une voix enrouée :

— Cette fois, on a cru que c'était la mort. Mais on a demandé un petit répit pour pouvoir te raconter tout le rêve.

Elle enfouit ses bras sous les peaux comme si elle avait froid. Lorsqu'elle recommença à parler, sa voix rouillée n'était plus qu'un mince filet :

— Une fois qu'il avait pénétré, dit-elle, on devenait brûlante. On avait l'impression qu'il pourrait continuer ainsi à pénétrer, qu'il avait eu une crampe et que c'est pour ça qu'il pressait ainsi son pubis contre le mien. On ne riait plus, le rire se transformait en petits cris, le corps tremblait et on se pressait contre son corps avec une violence qui le soulevait presque de la couche. Mes mains saisissaient ses hanches pour le maintenir, mon sexe se serrait autour du sien avec une avidité que l'on n'avait jamais connue avant.

Kongujuk se mit à tousser. D'abord une petite toux rauque, comme si elle avait quelque chose dans la gorge, ensuite plus fort et finalement si violemment que Ninioq crut que ses intestins allaient lui remonter par la bouche. Un peu de bave et de sang coulèrent aux commissures de ses lèvres et Ninioq les essuya avec un bout de peau de lièvre. Quand elle se sentit mieux, Kongujuk but quelques gorgées d'eau et murmura :

— Ce n'était pas un rêve, Saqaq, je sens qu'il est toujours là.

Ninioq remit la peau sur elle et la laissa poursuivre.

— Pendant longtemps on a été sa femme et jamais on n'a senti dans son corps les transformations que les femmes de l'habitat avaient dit être les signes d'un enfant à venir. Mais dans le rêve, il s'est passé ce qu'on avait tant attendu. On était couchée sous lui, sans pensées, sans la conscience d'un être humain, mais avec un sentiment nouveau qui faisait trembler tout le corps. On ouvrait la bouche et on la laissait dire toutes sortes de choses incompréhensibles, comme lorsqu'un esprit-assistant se manifeste à travers un invocateur d'esprits. Seulement lorsque mes mains, lourdes et inertes, se détachèrent de son dos, on sut que cette fois l'union avait été totale. On en était si sûre, qu'on le lui dit. Il n'a pas ri, Saqaq. Il n'a absolument pas ri, il a laissé glisser sa joue contre la mienne et a chuchoté : « Ce n'est pas tout à fait impossible car on a eu aussi un sentiment très fort et on a presque pu voir son premier-né. » Ainsi a-t-il dit, mon pourvoyeur, qui est présent maintenant.

Kongujuk respira avec un râle. Elle tendit un bras vers Ninioq qui prit sa main entre les siennes. Sa main était froide et molle et elle la caressa doucement.

— C'était un beau rêve, chuchota Kongujuk. Car dans ce rêve on attendait un enfant et on était devenue une femme accomplie. On le sentait pousser dans son ventre et on cousait des amulettes, on les mettait dans l'anorak et dans les cheveux pour protéger l'enfant. Puis on a accouché. De deux enfants. Le premier était semblable à un petit d'homme et le second ressemblait à un ourson. C'étaient mes enfants et je les aimais. Mais j'aimais l'un davantage que l'autre, même si je m'efforçais de les aimer tous les deux. Seulement l'un était plus vrai que l'autre, Saqaq, même si les deux étaient mes enfants.

« Ils ont grandi et sont arrivés à l'âge où les enfants se battent pour se développer. Un jour, je les ai vus derrière la maison. Celui qui était un petit homme était couché sous le gros ourson et, avant même de savoir ce que je faisais, j'ai attrapé un harpon et je l'ai enfoncé dans le cœur de mon enfant ours. Il est mort sur le coup et j'étais là, debout, effrayée, le fixant sans comprendre pourquoi j'avais tué mon enfant.

Elle remua avec nervosité, et ses yeux ouverts étaient humides.

— On a tué l'enfant, chuchota-t-elle. Et lorsque l'autre a vu ce que j'avais fait pour le protéger, il s'est rétréci, est devenu de plus en plus petit jusqu'à retrouver la taille d'un fœtus. Et sans que l'on puisse l'en empêcher, il est revenu se loger dans mon ventre et s'est caché là.

Elle regarda Ninioq.

— Tu comprends mon rêve, Saqaq ? Tu comprends que, toute ma vie, j'ai appelé l'enfant dans mon ventre pour le faire sortir. Mes pensées ont toujours tourné autour de l'enfant que j'avais conçu mais que je n'ai jamais eu. Et ainsi, j'ai négligé l'enfant que j'avais. C'était ça, mon rêve.

Ninioq hocha la tête :

— Tu as un fils et il est très affectueux avec toi.

Kongujuk répondit :

— C'est un ours. C'est mon fils, mais c'est un ours.

Les larmes jaillirent dans ses yeux.

— Ce n'est que maintenant que je sais que c'est mon fils.

— Est-ce que tu lui as parlé de ton rêve quand il est venu te voir dans la tente ? demanda Ninioq.

— Non, on n'a rien dit, on n'a rien dit sur le rêve. Peut-être quelqu'un d'autre…

Ninioq serra sa main.

— Ton rêve sera rapporté, tel que tu l'as raconté, promit-elle.

Kongujuk ferma les yeux et laissa la vague de douleurs s'apaiser avant de reprendre :

— Aujourd'hui, il a pris ma main, gémit-elle entre ses dents serrées. Il l'a prise de lui-même, ce qu'il n'avait jamais fait.

Ninioq veilla son amie le reste de la nuit. Elle la soutint quand la toux ravageait son corps épuisé, elle lui donna à boire et tint sa main jusqu'à ce qu'elle expire dans un grand râle. Elle garda sa main dans les siennes jusqu'à ce qu'elle soit tout à fait froide, puis elle remonta les peaux au-dessus de sa tête et alla se blottir contre le petit corps chaud de Manik.

Le lendemain matin, le garçon et elle ramassèrent des pierres pour une tombe. Puis ils traînèrent le corps sans âme de Kongujuk sur une peau de phoque et l'ensevelirent sous les pierres, la tête du côté de la mer et les jambes vers la terre. Manik ne posa aucune question. Il comprenait la mort, pour l'avoir vue si souvent, et elle était pour lui aussi naturelle que la vie.

Lorsqu'ils eurent posé la dernière pierre et rempli les interstices d'herbe et de mousse, il prit son harpon et grimpa sur les rochers plats, où la viande avait séché au soleil, pour guetter le phoque.

Ninioq resta assise et le regarda s'éloigner. Maintenant, la vie de Kongujuk était achevée, une vie entière était devenue néant. Au bout de quelques années, sa mémoire pâlirait et la génération suivante ne la connaîtrait que par un nom qui serait donné à quelqu'un qui n'était pas encore né aujourd'hui. La vie était ainsi. Naître, vivre et mourir. Tout était si simple.

Ninioq se renversa un peu en arrière et s'appuya sur ses coudes. Elle regarda vers la plage où le bateau de femmes était remonté. Elle et Kongujuk avaient souvent navigué vers de nouvelles plages, de nouvelles terres. Elles avaient vu et vécu les mêmes choses et s'étaient liées à travers les tâches quotidiennes. Mais ce voyage-ci, Kongujuk devait le faire seule. À présent elle était en route, sans que personne ne sache pour où.

Ninioq se leva et contempla le petit tumulus de pierres.

— Kongujuk, chuchota-t-elle. Kongujuk.

5

Les jours passèrent sans que les deux habitants de l'île n'en tiennent le compte. Ninioq avait terminé le bateau de femmes, et elle et le garçon le poussèrent à l'eau pour vérifier qu'il était bien étanche. Ils s'éloignèrent un peu à la rame et passèrent presque une journée entière à pêcher des chabots et des cabillauds au leurre.

Le soleil avait commencé à baisser sur l'horizon. Durant les heures matinales, il se cachait au loin dans un nuage rouge au-dessus de la glace et il disparaissait pendant quelques heures la nuit derrière la crête dentelée des montagnes de la terre ferme. Il commençait à faire un peu plus froid, surtout la nuit, et les oiseaux devenaient fébriles et intensifiaient l'entraînement de leurs petits pour les préparer au grand voyage.

Chaque jour, Ninioq attendait les kayaks. Elle n'avait presque plus rien à faire et ressentait la nostalgie du camp et de la compagnie des hommes. Ses sombres pensées demeuraient en elle mais ne la tourmentaient plus autant qu'avant.

Un jour, il arriva que Manik eut de la chance à la chasse. Il avait circulé pendant des jours sur les rochers qui tombaient à pic dans la mer, au nord de l'île, dans l'espoir de trouver un animal à harponner.

Précisément ce jour-là, qui va être raconté ici, il était allongé sur une saillie de rocher et regardait la mer, lorsqu'un petit phoque moucheté sortit soudain la tête du miroir de l'eau et regarda autour de lui avec curiosité. Manik se figea. Il n'osait ni cligner des yeux ni respirer.

Le phoque semblait tout à fait mis en confiance par son environnement. Il plongea à plusieurs reprises puis s'approcha de l'île en petits cercles. Il était évident qu'il était tenté par une sieste sur les rochers chauffés par le soleil.

Manik rampa prudemment jusqu'au bord de la saillie. Il s'accroupit, les cuisses collées au ventre, prêt à bondir pour lancer le harpon. De temps en temps, le phoque se levait droit dans l'eau et guettait de tous les côtés.

À l'instant même où le phoque arriva juste au-dessous de lui, si près qu'il pouvait voir les poils drus autour de son museau, Manik se redressa et lança son harpon de toutes ses forces vers sa proie. Le phoque regarda de son côté mais n'eut pas le temps de plonger avant d'être touché à la tête. Le manche se détacha et ligne et flotteur se déroulèrent lorsque le phoque prit la fuite.

Manik tremblait de tout son corps. C'était son premier phoque, son premier gros animal. Il fixait le flotteur gonflé qui labourait l'eau en laissant derrière lui un large sillage. Le phoque remonta pour respirer et Manik vit que sa blessure saignait abondamment. Ne pouvant plus plonger, retenu par la traction du flotteur, le phoque se dirigea vers le large. Manik le surveillait avec inquiétude. Si seulement il avait eu un kayak, ou quelque chose sur quoi naviguer, ne serait-ce qu'une plaque de glace, il aurait pu le suivre. Maintenant il allait peut-être perdre son flotteur et la pointe de sa flèche. Il s'accroupit et entoura ses genoux de ses bras.

Il voyait encore le phoque. Il nageait en cercles toujours plus larges, à plusieurs reprises il se renversa sur le côté, puis finalement il resta complètement immobile. L'animal était mort et se mit à dériver avec le courant vers le sud, à grande distance de l'île.

Manik bondit sur ses pieds. Peut-être parviendrait-il à l'atteindre lorsqu'il passerait au large de la tente. Ninioq et lui pourraient mettre à l'eau le bateau de femmes et le repêcher quand il passerait. Il fit le tour du lac en courant et rejoignit Ninioq. Rapidement, ils mirent le bateau à flot, se postèrent dans le courant et attendirent.

Mais aucun phoque n'apparaissait. Aussi loin que portait le regard, la mer était déserte, à part des plaques de glace dérivante et quelques grands icebergs. Après avoir attendu longtemps, ils firent demi-tour et tirèrent le bateau à terre. Manik alla s'asseoir derrière la tente pour ne pas montrer ses larmes à Ninioq.

Mais Ninioq, qui n'arrivait pas à croire qu'un phoque puisse disparaître ainsi avec un flotteur, traversa l'île pour se rendre près de la baie où s'était tenu Manik. Et après quelques recherches, elle retrouva le phoque sur une petite plage cailouteuse. Ce n'était pas le courant mais le vent qui l'avait poussé à terre. Elle remonta jusqu'au lac, d'où elle pouvait voir la tente, et cria de toutes ses forces :

— Un phoque a fait savoir qu'il désirait être dépecé par le grand chasseur Manik !

Elle le cria à plusieurs reprises avant que ses paroles n'atteignent les oreilles de Manik et elle rit de tout son cœur lorsqu'elle vit le garçon dégringoler comme un fou vers la falaise.

Ils traînèrent le phoque jusqu'à la tente et Ninioq montra au garçon comment le dépecer. Après avoir découpé la chair en morceaux, elle trancha les griffes des membres avant et arrière et coupa une mèche de cheveux à Manik. Ensemble, ils descendirent sur la plage où ils jetèrent les griffes et la mèche à la mer, offrande à l'âme du phoque pour la première chasse d'un chasseur.

Plus tard, lorsqu'ils furent assis dans la tente devant la marmite bouillonnante, Ninioq expliqua au garçon quelques-unes des règles qu'un chasseur doit respecter afin de ne pas se mettre à dos les âmes des animaux. Ainsi, dit-elle, il était toujours important de verser un peu d'eau sur le museau du phoque juste après l'avoir pris. Car comme il le savait sûrement, les phoques ont toujours soif, une soif qui persiste après la mort. De même, il fallait veiller au retour à poser son harpon près de la lampe car, après la capture, l'âme de l'animal demeurait pendant un temps dans la pointe du harpon et chacun sait que la chaleur est très appréciée des phoques.

S'il s'agissait d'un ours, il ne devait pas travailler pendant trois jours après une chasse victorieuse et, dans la mesure où cela lui était possible, il fallait qu'il suspende de nouvelles semelles en peau pour l'âme de l'ours, l'ours ayant toujours à marcher beaucoup.

En ce qui concernait les poissons, il fallait qu'il se souvienne de rejeter leurs viscères à la mer aussitôt après la pêche. Ainsi l'âme des poissons avait-elle la possibilité de redevenir poisson alors que, s'il les laissait à terre ou que le courant les y poussait, l'âme mourrait comme le corps. Il était particulièrement important d'honorer l'épaulard, le protecteur de tous les chasseurs, même si en hiver celui-ci se métamorphosait en loup pour vagabonder à terre.

Manik écoutait attentivement Ninioq. Il regardait d'un air rêveur la viande, dans la marmite, qui paraissait presque vivante. La viande de jeune phoque est en effet particulièrement animée. Elle monte et descend dans l'eau bouillante en émettant des bruits de succion, comme si elle se goûtait elle-même. Ces bruits mettaient l'eau à la bouche de Manik.

— Il y a beaucoup de choses dont il faut se souvenir, murmura-t-il.

— Et ce n'est pas tout, répondit Ninioq.

Elle tâta la viande avec petit bâtonnet en os avec lequel elle régulait la lampe.

— Un bon chasseur sait beaucoup de choses sur tout. Il doit savoir comment on évite de froisser les puissances, parce qu'il est nécessaire de préserver l'harmonie entre soi et les animaux. Si l'on veut vivre, il faut tuer. Mais il faut toujours montrer du respect envers ce que l'on a tué et ne jamais se moquer des dernières crampes d'un animal mourant.

Elle pêcha un appétissant morceau de viande à demi cuite et le tendit à Manik.

— Un chasseur doit également connaître le temps et le vent, lui apprit-elle. Il doit savoir que de gros flocons de neige annoncent un temps calme et de petits, la tempête. Il doit apprendre qu'un homme peut avoir la chance de faire ouvrir la glace qui ferme les fjords en la caressant avec un os humain. Il faut aussi que tu écoutes les cormorans. Ils parlent une langue que tout chasseur doit savoir comprendre. Ils parlent de pluie, de froid, d'animaux à chasser, de visites et de bien d'autres choses. Apprends à comprendre l'oiseau noir et tu seras informé de bien des événements.

Elle versa une portion de soupe grasse et la tendit au garçon.

— Il peut également être utile d'adopter certaines chansons, dit-elle, que l'on peut chanter sur les animaux que l'on chasse. Ton grand-père Attungak et ton père ont tous deux appris ce genre de chansons en écoutant les animaux. On a entendu dire que le phoque comme l'ours communiquent aux chasseurs certaines chansons qui sont du plus grand effet. Et une fois que l'on s'est approprié une telle chanson, il faut la garder pour soi, sinon il arrive qu'elle perde son pouvoir.

Elle mordit dans la viande de ses dents usées et en découpa un petit bout au ras de ses lèvres.

— Il faut aussi que tu te fournisses en nouvelles amulettes, continua-t-elle. Si tu peux trouver des amulettes utiles à ajouter à ton collier, c'est bien. Souviens-toi que presque tout peut avoir un sens, même tes rêves.

Manik hocha la tête. Il mangea modérément, bien que cette viande, qu'il avait lui-même chassée, fût ce qu'il avait mangé de meilleur au monde. Mais cela aurait manqué de modestie de montrer une trop grande voracité pour sa propre viande. Une fois presque repu, il rota avec satisfaction et s'allongea sur la couche. Et pendant que Ninioq préparait la lampe pour la nuit, il lui raconta sa chasse exaltante, cette fois sans omettre les larmes versées derrière la tente. Il demanda à Ninioq de bien vouloir la raconter à Katingak puisqu'il considérait que ce serait de la vantardise de raconter lui-même quelque chose d'aussi banal que la capture d'un phoque moucheté.

— Tu n'auras pas besoin de le dire tout de suite, dit-il. D'abord, tu pourras donner la peau à Ivnale et puis, quand toute une journée sera passée, tu pourras leur raconter la chasse, s'ils te le demandent. Il faudrait que tu la racontes comme si j'étais allé pêcher le cabillaud au leurre ou ramasser des œufs de mouette. Tu veux bien ?

Il se redressa sur la couche et regarda Ninioq avec des yeux brillants.

— Ce sera raconté de la bonne manière, promit-elle, comme on a l'habitude de raconter ces choses-là.

Elle s'allongea sur la couche et remonta les peaux au-dessus de leurs têtes.

— Raconte-moi tout encore une fois, lui demanda-t-elle en chuchotant dans l'obscurité, c'est important que je n'oublie rien.

L'année était à présent si avancée que l'on pouvait s'attendre à du vent. Ninioq s'étonnait que l'on ne soit pas encore venu les chercher mais elle comprenait que les chasseurs avaient sans doute eu d'autres choses plus importantes à faire. Ils étaient sans doute partis à la chasse au morse ou bien avaient fait un *savssat* de narvals ou encore été retardés par la construction des maisons de l'habitat d'hiver. Il se pouvait également qu'une baleine ait échoué quelque part sur la côte et qu'on soit en ce moment en train de découper l'immense bête pour mettre les grandes quantités de viande en dépôt. Ou peut-être était-il arrivé d'autres événements imprévus, une pensée qui faisait renaître l'inquiétude de Ninioq.

La nouvelle glace était en formation. Elle était encore mince et fragile. Mais si le temps calme persistait, elle se consoliderait et serait vite si épaisse qu'il serait risqué pour les kayaks de s'y aventurer.

La première tempête ne prit pas vraiment Ninioq de court. Elle avait arrimé la tente en empilant de grosses pierres sur les peaux de dessous, avait tendu les cordes au point qu'elles chantaient dès qu'on les touchait, et elle avait retourné le bateau de femmes et l'avait attaché avec de longues courroies en peau de morse.

Un jour qu'avec le garçon elle se rendait au lac, elle aperçut au-dessus de l'inlandsis un petit nuage en forme de lentille. Elle le montra à Manik et lui parla du grand vent qu'il annonçait. Elle l'appelait Piteraq et c'était un vent aussi fort, parfois même plus fort, que le vent du nord. Ils se dépêchèrent de revenir à la tente, fermèrent l'entrée de courroies et se mirent à rassembler tous les objets importants dans des sacs en peau qui furent accrochés au montant du porte-objets. Très vite, la tempête arriva.

— Pitorapok, chuchota le garçon, un peu effrayé.

Ninioq hocha la tête.

— Oui, le voilà qui arrive. Roulons les peaux de couchage et arrimons-les au-dessus du montant.

La tempête venait de l'ouest. Elle soufflait au-dessus de la glace à une vitesse colossale. En un rien de temps, elle souleva la mer en un bouillonnement furieux, fouetta le sommet des vagues en grandes floches d'écume gris-blanc et noya l'île sous la bruine de mer. De toutes ses forces, elle se jeta sur les rochers plats et la tente vulnérable.

Ninioq et le garçon sentaient la terre trembler sous les violents coups de houle et ils virent la paroi de la tente se plaquer contre les montants en bois de l'entrée. Ils entourèrent rapidement le montant de courroies et Ninioq se mit autour du cou le large bandeau frontal. Elle noua une lanière autour de la taille de Manik et se l'attacha au poignet. Si le pire devait arriver, il était important qu'ils ne soient pas séparés.

La tempête hurlait et sifflait de mille voix. Elle gémissait dans les cordes de la tente et leur soufflait rageusement au visage par le trou d'aération. Un tourbillon d'air gelé pénétra sous les peaux, balayant le sol, et la carcasse de la tente grinça et s'ébranla sous l'énorme pression.

La force de la tempête était inconcevable. Les coups de vent se faisaient plus violents et plus rapprochés et Ninioq fixait sans interruption la paroi de la tente à l'endroit de la couture. Les fils de nerf se tendaient à chaque coup et agrandissaient de plus en plus les trous dans les peaux. Elle savait les avoir cousues avec grand soin mais cette tempête était impitoyable et ne se laissait pas défier par des coutures, si excellentes fussent-elles.

Manik, qui avait vécu beaucoup de tempêtes mais toujours à l'intérieur des solides maisons d'hiver, se blottissait peureusement contre Ninioq. Il criait quelque chose, en essayant de surmonter la voix de tonnerre de la tempête, mais elle n'entendait rien. Elle avait le regard fixé sur la tente, voyait les premières peaux commencer à se déchirer à la bordure et entendit soudain un claquement aigu et sinistre. Une des peaux fut lacérée, le vent fit sauter toutes les cordes et gonfla la tente tel un immense flotteur. Immédiatement après, elle fut soulevée et disparut au-dessus de leurs têtes.

Ninioq se jeta à terre et entraîna Manik avec elle. La tempête ballottait son corps sans pitié et le bandeau autour de son cou, accroché au montant, était sur le point de l'étrangler. Elle réussit à le faire glisser sur sa poitrine et essaya d'ouvrir les yeux. Mais le vent piquait comme mille aiguilles et tout était noyé dans le brouillard de mer. Il était impossible de voir plus loin que le bout de son nez, impossible de voir si le bateau avait subi le même sort que la tente. Il était impensable de se lever. Si le vent réussissait à avoir prise sur eux, ils seraient emportés à travers l'île et jetés à la mer.

Elle tira le garçon vers elle par la lanière et cria de toute la force de ses poumons :

— Ne te lève pas, tiens-toi à moi !

Combien de temps ils rampèrent ainsi, ils ne le surent pas. Sans relâche, le vent les bousculait, les faisait rouler en arrière jusqu'à ce qu'ils puissent se raccrocher à une saillie de rocher ou une grosse pierre. Les coups de vent étaient toujours aussi violents mais il semblait à Ninioq qu'ils s'espaçaient un peu. Elle rampait à l'aveuglette mais avait une intuition très nette de la direction dans laquelle se trouvaient les grottes à viande. L'air était saturé de vapeur d'eau salée qui piquait les yeux chaque fois qu'elle les ouvrait et leurs visages étaient fouettés par les petits cailloux et les plantes arrachées. Elle traînait derrière elle le garçon et le montant mais n'éprouvait curieusement aucune fatigue. Malgré le danger d'être poussée à la mer, elle se sentait étrangement exaltée. C'était là un combat qu'elle connaissait, un combat où elle était l'un des adversaires et la tempête l'autre. Un combat qui de tout temps avait été mené entre l'homme et la nature. Un combat si différent de celui avec ses sombres pensées, dans lequel son adversaire était inconnu.

Soudain, elle sut qu'ils se trouvaient près d'une des grottes. Elle laissa courir sa main sur le rocher et trouva les pierres plates entassées devant l'entrée. Elle en retira rapidement suffisamment pour qu'ils puissent y entrer et, de l'intérieur, remit de son mieux les pierres en place en colmatant le reste avec une peau.

Ils avaient tous deux de grandes plaies saignantes sur le visage et Manik se blottit contre elle en sanglotant d'angoisse. Elle le serra fermement et le laissa pleurer.

Après cette tempête, les kayaks ne tarderaient pas à arriver. Ils quitteraient le camp avant même qu'elle ne soit tout à fait calmée, inquiets de savoir si les deux occupants de l'île étaient indemnes. Ils chargeraient le reste de la viande sur le bateau de femmes, si celui-ci n'avait pas été emporté, et ils retourneraient au camp. Tout redeviendrait comme avant et ils auraient vite oublié la tempête. Elle lâcha le garçon un instant pour étendre des peaux à terre. Les bords en étaient trempés, mais elles étaient encore suffisamment sèches pour servir. Elle s'allongea à côté du garçon en pleurs et écouta les bruits de la tempête qui faiblissait.

Le lendemain soir, la tempête prit fin. Elle disparut aussi brusquement qu'elle était arrivée et lorsque Ninioq retira les pierres de l'entrée, le soleil du soir brilla sur leurs visages. Ils sortirent se dégourdir les jambes et Ninioq vit avec soulagement que le bateau était toujours là.

Les trois grottes près de la plage furent explorées à fond et Ninioq choisit la plus grande comme lieu d'habitation. Elle était presque carrée, avec un passage d'entrée ovale, dont le bord inférieur se trouvait agréablement surélevé par rapport au niveau de la terre. Grâce aux pierres qu'ils trouvèrent à l'extérieur, ils construisirent une couche sur laquelle ils posèrent un tas de tiges de bruyère nouées et des peaux.

Ninioq sortit les affaires et vit que lampes et marmites avaient bien supporté le rude trajet dans le sac. Elle se fit aider par Manik pour faire du feu. Pendant qu'il maintenait fermement le foret enfoncé dans le bloc de bois, elle fit tourner celui-ci à l'aide d'une courroie de peau. Dès qu'une étincelle se fit dans la sciure de bois au fond du bloc, elle se servit d'une aile de mouette pour éventer et, quand les premières braises rougeoyèrent, elle les étala sur de la mousse séchée qui s'enflamma très vite. Elle mit un peu de graisse soigneusement battue à côté de la faible flamme et transporta délicatement le feu dans la lampe. Après avoir allumé plusieurs mèches, elle accrocha la marmite au-dessus et régla l'inclinaison du trépied afin que la graisse puisse s'écouler constamment vers les mèches.

Pendant qu'ils attendaient que l'eau se mette à bouillir, ils découpèrent une peau de la taille du trou d'entrée et la fixèrent à des failles dans le rocher.

La chaleur de la lampe chassa l'humidité de la grotte et Ninioq trouva bientôt qu'il faisait presque aussi bon que sous la tente. Ici, ni la mer ni le vent ne pourraient les atteindre et tant qu'ils auraient de la graisse, ils pourraient se chauffer sans difficulté.

Manik s'endormit après avoir longtemps pleuré la perte de son harpon. Son chagrin était grand mais l'épuisement plus grand encore. Ninioq s'assit à l'extérieur de la grotte. De longs nuages noirs filaient à nouveau sur le ciel. De temps à autre, elle apercevait une étoile et, au sud, le croissant de la lune, presque couché sur l'horizon, était comme un bateau jaune et lumineux voguant sur une mer agitée.

Elle entendit la respiration régulière du garçon derrière elle et se sentit terriblement fatiguée. Être responsable de lui était presque davantage que ce qu'elle était capable d'assumer. Ce serait un soulagement lorsque les kayaks arriveraient. Elle s'appuya contre la paroi rocheuse et replia ses jambes sous elle. Ses pensées s'écoulaient lentement, son menton s'affaissa sur sa poitrine en petites secousses et elle commença à respirer par à-coups par sa bouche ouverte. Ninioq dormait.

6

L'année progressait à présent rapidement vers la saison sombre. Il avait déjà neigé deux fois, mais la neige avait été balayée par le vent du nord ou avait fondu sous le clair soleil d'automne. Le lac gelait et Manik devait chaque jour casser la nouvelle glace pour recueillir de l'eau. Même le petit ruisseau, qui se déversait du lac vers l'ouest, avait cessé de couler.

Il ne restait que peu de graisse et Ninioq décida d'éteindre la lampe et de ne l'utiliser que pour faire les repas. Cela rendit les poux plus agaçants qu'avant. Tant que Ninioq et Manik avaient pu être nus sous la tente ou dans la grotte, ils étaient arrivés à peu près à tenir en échec ces petits monstres, mais maintenant qu'ils devaient garder leurs vêtements pour dormir, les parasites se répandaient et devenaient vraiment déplaisants.

Il devint plus difficile de vivre sur l'île. Les nuits étaient longues et froides, le gel s'attardait et la nature peu à peu se figeait. L'air se remplissait de bruits d'oiseaux migrateurs. Les rapides coups d'ailes des guillemots et le sifflement rythmique des grandes formations en V des oies. Ninioq et le garçon suivaient du regard leur vol. Certains partaient vers le sud et des contrées inconnues, d'autres allaient vers l'est pour hiverner sur la grande mer. Bientôt ces bruits-là aussi disparaîtraient et le silence s'installerait pour longtemps.

Ninioq avait la nostalgie de la terre. Elle ne comprenait pas comment il était possible que les chasseurs les aient ainsi trahis, car Katingak leur avait fermement promis de venir les chercher avant la cueillette des baies. Mais à présent, ce travail si merveilleux était terminé. Les baies avaient subi le gel nocturne et, bien qu'elles n'en fussent devenues que plus sucrées et savoureuses, la cueillette avait cessé depuis longtemps.

La compagnie des gens lui manquait aussi. En ce moment, c'était la saison du départ, une saison que l'on prolongeait volontiers un peu parce qu'il était difficile de quitter les heureuses journées d'été. Les gelées poudraient à présent chaque matin les tentes et, là-bas aussi, on dormait habillé parce que la nuit il faisait froid même à l'intérieur. On passait les soirées autour de grands feux de bruyère et on célébrait des fêtes de chants pour dire adieu à l'été finissant.

Ninioq avait toujours aimé l'automne. C'était la saison où tout était le plus beau. La bruyère se couvrait de fleurs violettes aux parfums enivrants, la mer empruntait ses couleurs au ciel d'un bleu profond, la lumière était forte et l'air pur. C'était une saison un peu mélancolique mais qui conservait encore beaucoup de la joie de l'été.

À présent les lourds bœufs musqués se battaient pour les femelles, faisant résonner les vallées de leurs beuglements, et beaucoup d'animaux changeaient leur pelage brun d'été contre les fourrures blanches de l'hiver. L'air était limpide et odorant, si limpide que l'on voyait jusqu'aux montagnes les plus lointaines. En automne, la mer était plus généreuse qu'en été. Elle se remplissait de morses, de narvals et de petits phoques gras. Oui, l'automne était merveilleux. Et même si l'on avait du mal à quitter les tentes, on se réjouissait d'avance de retrouver le confort des maisons collectives.

Peut-être là-bas étaient-ils en train de charger les bateaux de femmes et passeraient-ils prendre les habitants de l'île et les chiens sur leur trajet vers Inugsuk. C'était certainement pour cela que les kayaks n'étaient pas encore arrivés. Jour après jour, Ninioq et le garçon montaient sur le point le plus haut de l'île et guettaient. Mais il n'y avait pas de kayaks en vue, pas de bateaux de femmes, pas un bruit signalant qu'on venait les chercher. Seulement les cris des oiseaux volant bas au-dessus de l'eau calme.

Ils avaient froid, ils attendaient, et un jour, la lampe s'éteignit faute de graisse. Alors Ninioq comprit qu'ils devaient partir à la recherche de la tribu. Un matin très tôt, avant l'aube, ils poussèrent le bateau à l'eau et le chargèrent des rares possessions qui leur restaient. Ils laissèrent la viande séchée en dépôt dans les deux petites grottes. Les chasseurs viendraient la chercher avec les traîneaux à chiens quand la glace serait suffisamment épaisse. Pour protéger le bateau de la nouvelle glace coupante, Ninioq accrocha sur la proue la peau de phoque barbu qui avait bouché l'entrée de la grotte.

Le temps était calme quand ils quittèrent l'île. Le ciel était infiniment haut, une coque sombre et polie où les étoiles brillaient comme de petites issues attrayantes vers le monde étincelant du dehors.

Manik était de bonne humeur. Il ramait avec tant d'ardeur que Ninioq avait du mal à suivre le rythme et son petit visage rayonnait. Enfin, il allait pouvoir rendre compte de tout ce qu'il avait vécu. La tempête, la vie dans la grotte, la capture du phoque. Tout allait être raconté aux camarades qui avaient vécu durant l'été une vie tout à fait ordinaire. Il allait leur montrer son habileté à manier le harpon et leur parler de toutes les règles de chasse que lui avait enseignées Ninioq. Oui, il avait vraiment beaucoup appris cette été-là et allait transmettre son savoir.

Ninioq ramait mécaniquement en laissant vagabonder ses pensées à leur gré. Du côté de la terre, les montagnes commençaient à prendre forme. Le ciel s'était embrasé sur une étroite bande au-dessus de l'eau et, lentement, le soleil commença à grignoter la coque sombre. La pénombre au-dessus des montagnes se transforma en lumière grise et froide où tout se détachait clairement.

L'air glacial lui mordait les poumons à chaque inspiration et le bout de ses doigts, repliés sur la rame, était froid et engourdi. C'était un matin magnifique. Un matin propre à réjouir l'être humain parce que c'était un beau temps de voyage et que l'on pouvait se réchauffer en ramant. Ninioq écoutait les tintements secs de la nouvelle glace que le bateau fendait en plaques cassantes. C'était un bruit qu'elle avait souvent entendu à cette époque de l'année, quand les kayaks revenaient après plusieurs jours de chasse.

Quelques mouettes tournaient autour du bateau. Manik les salua de la main et essaya de les attirer avec de petits sifflements. Mais elles s'élevèrent en grandes spirales au-dessus de la mer jusqu'à ce que, touchées par les rayons du soleil, elles deviennent noires et disparaissent à la vue.

Lorsqu'ils eurent ramé pendant longtemps, ils firent une halte et mangèrent quelques capelans séchés. Manik mâchait lentement et laborieusement, c'était comme s'il n'avait plus vraiment de goût pour les capelans.

— Pourquoi est-ce qu'on se fatigue d'un goût qu'on aimait beaucoup avant ? demanda-t-il avec de l'étonnement dans la voix.

Ninioq réchauffait quelques petits poissons entre ses paumes pour les dégeler. Elle avait du mal à mordre dans la chair gelée qui faisait saigner ses gencives.

— C'est parce qu'il y a tant de sortes d'animaux à chasser, dit-elle. Si on ne se lassait pas de ce que l'on préfère, on ne chasserait sans doute rien d'autre et un jour ou l'autre, cet animal-là, justement, disparaîtrait.

Manik mordit une tête de poisson et la fit tourner dans sa bouche avec la langue. Au fond, le goût était encore bon, mais il l'avait eu trop souvent dans la bouche ces derniers temps. Il avait envie d'autres goûts, de baies, de fleurs, d'intestins et de viande fraîche. Plus que tout, il avait envie de ces œufs d'hirondelles de mer, au jaune rouge orangé, qu'il avait ramassés au début de l'été.

— C'est drôle, hein, que chaque chose ait un goût différent, tu ne trouves pas ? dit-il. Mais c'est bien aussi.

— C'est comme ça que naît le plaisir de manger, dit Ninioq.

Elle regarda les capelans dans ses mains.

— On aimerait maintenant beaucoup une poignée de myrtilles.

— Moi, j'aimerais des œufs d'hirondelle de mer, dit le garçon.

Ninioq rit.

— Et moi, j'aimerais un délicat petit foie tout frais.

— Ou du *mattak*, proposa le garçon.

— Oui, et des pattes de phoque et un intestin plein, rajouta Ninioq.

— Ah, comme il y a beaucoup de choses qu'on aimerait !

Manik prit l'air un peu stupéfait.

— Dire qu'il y a tant de choses qu'on peut manger ! Est-ce qu'on peut manger toutes les viandes, Ninioq ?

— La plupart, répondit-elle. Il y a quand même des choses auxquelles il faut faire attention. Le foie d'ours, par exemple, il ne faut en manger qu'un tout petit peu, sinon on peut mourir, et la chair de requin est un poison. Mais si on la fait cuire dans trois eaux de cuisson différentes ou qu'on la laisse sécher au vent, le poison s'en va et elle devient comestible.

— Et la chair humaine, c'est comment ?

Manik jeta un rapide coup d'œil du côté de Ninioq sans tourner la tête.

Elle cessa de sourire.

— Pourquoi demandes-tu ça ?

— Oh, comme ça, on aimerait juste savoir.

Ninioq remit les poissons dans le sac et prit sa rame. Manik l'imita. Toujours sans la regarder, il dit :

— Avgo m'a dit que toi et Attungak vous aviez mangé une fois de la chair humaine. Il avait entendu son père et sa mère en parler sur la couche.

Ninioq tira un peu violemment sur sa rame.

— Et qu'as-tu répondu ?

— On a tiré sur les coins de ses lèvres jusqu'à ce que ça saigne, rigola-t-il, et on lui a dit qu'il n'était qu'une vieille bonne femme pleine de commérages. Est-ce que tu l'as fait, Ninioq ?

— Fait quoi ?

— Mangé de cette chair dont on parle.

Ninioq reposa sa rame et regarda gravement le garçon.

— Oui, une fois on a mangé de la chair humaine. Attungak, Akutak et moi l'avons fait.

Elle frotta le bout de ses doigts sur le dos de sa main.

— Cela fait bien des années et depuis on a laissé ses pensées s'occuper de beaucoup d'autres choses parce qu'il valait mieux oublier.

Le garçon la regarda avec admiration.

— Vous avez tué un homme, ou quoi ? Comme le mari de Sleven, dont tu as parlé, qui tuait tous les hommes qu'il rencontrait ?

Ninioq secoua la tête.

— Non, Manik, aucun de nous n'a tué. C'était une de ces années où la faim tuait beaucoup de gens. Nous vivions dans un habitat au sud d'Umivik et il n'y avait pas eu de butin de tout l'hiver. Beaucoup de gens étaient déjà morts et les autres étaient allongés dans les maisons en attendant de mourir. Seuls Attungak et Akutak avaient encore assez de forces pour aller à la chasse. Ils partaient chaque matin à la recherche d'animaux mais, à la fin, eux aussi étaient si affaiblis qu'ils étaient obligés de s'appuyer sur un petit traîneau d'enfant qu'ils poussaient devant eux. Un jour, Attungak a proposé qu'on aille dans la vallée des Rennes, où l'on avait vu beaucoup de bœufs musqués en automne. Lui, Akutak, la femme d'Akutak et moi sommes partis. La neige était profonde et chaque pas était une souffrance insupportable. On avait l'impression d'entendre claquer nos os et, au bout d'une seule journée, nos genoux avaient tellement enflé qu'ils étaient deux fois plus gros que d'habitude.

« Après deux jours de marche, la femme d'Akutak est morte. Allongée sur le traîneau, elle nous avait suppliés d'utiliser sa chair quand elle mourrait. Et comme nous avions terriblement faim, nous avons accepté avec reconnaissance. Peut-être l'aurions-nous fait même si elle ne nous l'avait pas demandé, car nous étions à moitié fous de faim. Akutak a découpé les parties charnues pendant qu'elle était encore chaude.

Ninioq pencha la tête et se perdit un peu dans ses souvenirs. Lorsqu'elle reprit la parole, elle se parlait davantage à elle-même qu'elle ne s'adressait à Manik.

— On a essayé de manger la chair encore chaude mais c'était totalement impossible. On n'a réussi qu'à avaler un tout petit bout de son foie, ce qui était nécessaire pour satisfaire l'âme de la morte. Assis dans la neige, nous avons attendu que la chair gèle. Ensuite nous l'avons découpée en tranches fines que nous avons avalées.

Elle se moucha par-dessus bord et s'essuya le nez dans son anorak.

— C'était une grande honte de manger la chair d'une personne et nous n'osions pas nous regarder dans les yeux. On a pleuré un peu, et on a entendu qu'Akutak et Attungak aussi pleuraient. On n'a mangé que très peu ce jour-là car il est dangereux, quand on est affamé, de remplir son ventre. Après, nous nous sommes couchés très près les uns des autres dans la neige, à quelque distance du cadavre. Nous sommes restés là durant deux sommeils, en mangeant de temps en temps la chair qui avait été découpée. Le troisième jour, nous

nous sommes sentis assez forts pour continuer la route et c'est avec soulagement que nous avons quitté l'endroit où la femme d'Akutak était morte.

Le garçon l'écoutait la bouche à moitié ouverte. Ninioq était vraiment incroyable et avait sans doute tout essayé.

— Qu'est-ce qui s'est passé après ? chuchota-t-il dans un souffle.

— Oui, il s'est passé quelque chose de tout à fait miraculeux, répondit Ninioq. Nous avons vu arriver vers nous un grand phoque barbu.

— Mais les phoques barbus sont des animaux marins, protesta Manik, ils sont dans la mer, Ninioq, ils ne se promènent pas à terre !

Ninioq leva les yeux. Elle saisit sa rame et se remit à ramer.

— Si, ce phoque-là se promenait à terre, répondit-elle, et il avait beaucoup marché. Il s'était retrouvé tout au fond d'un des fjords quand le froid très rude avait soudain fermé toutes les brèches. Alors il était monté sur la glace pour rejoindre à travers terre de l'eau libre. Tout son poitrail était sanguinolent d'avoir traîné sur la glace sur d'aussi grandes distances, il était maigre et affaibli et il n'a pas opposé la moindre résistance quand Attungak lui a planté le harpon dans la tête.

Manik hocha gravement la tête.

— C'était une chance, ce phoque-là, affirma-t-il, sinon Attungak et toi, vous auriez dû tuer Akutak pour avoir à manger.

— Peut-être, dit Ninioq en souriant. Mais nous avons donc eu de la viande de phoque et je t'assure que c'était bon. Jamais la viande de phoque ne m'a paru aussi bonne qu'alors.

— Mais cette autre chair dont nous avons parlé, celle de la femme d'Akutak, quel goût elle avait ?

— Ça, on ne s'en souvient pas bien. Peut-être un peu comme de la chair d'ours, mais plus sucrée. On préfère ne pas s'en souvenir. Et d'ailleurs on l'a mangée gelée, elle n'avait donc pas beaucoup de goût.

L'explication satisfit le garçon. Il savait par expérience que la chair crue et gelée n'avait pas autant de goût que lorsqu'elle était à demi cuite ou faisandée. Il observa attentivement Ninioq.

— Ça ne se voit pas, dit-il alors.

— Qu'est-ce qui ne se voit pas ?

— Que tu as mangé de la chair dont on parle. Avgo disait que, quand une personne avait mangé de ça, ça se voyait sur elle.

— C'est possible qu'on puisse le voir tant que la personne n'a pas oublié l'événement, répondit Ninioq. Peut-être pouvait-on le voir en ce temps-là. Je ne le sais pas parce que personne ne m'en a rien dit.

Ils continuèrent à ramer en silence. Ninioq repensa avec reconnaissance à la femme d'Akutak. Parce qu'elle avait souhaité que sa chair soit utilisée, Ninioq avait pu vivre une longue et belle vie. Grâce à son cadeau, elle avait pu voir grandir ses enfants et ses petits-enfants, et cela avait également créé entre elle, Akutak et Attungak, une relation qui était bien plus que de l'amitié.

Le bateau glissait avec légèreté sur l'eau et la nouvelle glace tintait joyeusement quand la proue la brisait. Quand le soleil arriva au plus haut de sa course, ils entendirent au loin un faible chœur d'aboiements, provenant d'une des petites îles au large de la côte.

Manik se leva et mit ses mains derrière les oreilles pour écouter.

— Ça doit être celle-là, l'île des chiens, dit-il en montrant l'une d'entre elles du doigt. J'entends Najak, je suis sûr que c'est Najak.

Ninioq écouta mais ne put distinguer des autres le hurlement du chien en question. Cependant, elle croyait volontiers Manik. Il avait eu comme chiot cette petite femelle, deux ans auparavant, et dès qu'elle aurait elle-même des petits, il aurait droit à son propre attelage.

— On pourrait aller la chercher, proposa Manik, Katingak serait sûrement content de la revoir, je crois.

Ninioq rit.

— Peut-être aussi qu'un certain fils de Katingak serait encore plus content de revoir son chien.

Elle lui tapota son fond de pantalon.

— Peut-être qu'elle attend des petits, dit-il, et alors j'aurai un attelage au printemps. Allez, Ninioq, on ne va pas la chercher ?

Ninioq le rassit sur le banc.

— S'il faut qu'on aille sur l'île des chiens, il faut ramer, dit-elle. Tant que tu restes là à ne rien faire, on n'ira nulle part.

Ils arrivèrent vite suffisamment près pour voir les chiens qui s'étaient regroupés sur la berge et hurlaient dans la direction du bateau. Leur nostalgie des hommes était aussi grande que celle de Ninioq et de Manik. Tout l'été, ils étaient restés sur l'île, se nourrissant de ce qu'ils trouvaient. La faim les avait rendus à moitié fous et, pour eux, le bateau signifiait de la nourriture.

La meute des chiens suivait tous les mouvements du bateau. Ils couraient le long de la plage et s'arrêtèrent quand le bateau s'immobilisa à une cinquantaine de mètres de la côte.

— Elle est là, Najak, cria Manik avec enthousiasme, et elle est un peu grosse, Ninioq, regarde toi-même, regarde comme elle a grossi !

— Oui, ce n'est sûrement pas la nourriture qui l'a rendue grosse, sourit Ninioq, alors après tout, peut-être qu'elle attend des petits. Essaie de voir si tu peux la faire venir jusqu'ici à la nage parce que nous ne pouvons pas nous rapprocher davantage de la côte.

— Pourquoi pas ? Il n'y a pas de récif !

— On ne fera jamais le poids face à tous ces chiens, répondit Ninioq. Ils voudront tous revenir avec nous et ils risquent de déchirer la peau du bateau avec leurs griffes.

Manik appela et siffla son chien. Il l'appela par tous les surnoms qu'il lui avait donnés pendant deux ans et répéta toutes les invectives qu'il avait entendu proférer par les chasseurs adultes. Le chien entra sans hésiter dans l'eau et commença à nager vers le bateau. Mais beaucoup d'autres suivirent son exemple. Ils grognaient et se mordaient entre eux pour arriver les premiers. Ninioq retira sa rame du tolet pour pouvoir repousser les chiens non souhaités.

Manik hissa à bord son chien trempé et godilla avec la rame pour dégager rapidement le bateau de la côte, tandis que Ninioq écartait les chiens dans l'eau. Elle ne se rassit qu'une fois qu'ils furent arrivés à quelques centaines de mètres au large.

— Elle n'a pas l'air de grand-chose, dit-elle à Manik qui, agenouillé, frottait son chien avec son gant de peau.

— Mais elle attend des petits ! triompha-t-il. Papa avait dit qu'elle n'en aurait certainement jamais, mais regarde ses mamelles, regarde, Ninioq !

— Oui, oui.

Ninioq prit quelques *angmagssat* et les jeta vers le garçon.

— Alors peut-être va-t-on pouvoir monter sur le traîneau d'un chasseur compétent au printemps. Ce sera amusant de nouveau de se faire conduire par un grand chasseur.

Le garçon rit de bonheur et frotta doucement le ventre de la chienne où se nichait son futur attelage.

Au début de l'après-midi, ils contournèrent le promontoire qui leur avait caché le camp. Najak s'était postée à la proue, les pattes sur le bordage, et regardait la terre avec autant d'impatience que les deux rameurs.

— Regarde, voilà les tentes ! cria Manik. On est presque arrivés !

Ninioq tourna le visage vers la côte. Elle s'abrita d'une main contre le soleil :

— Maintenant on les voit, répondit-elle, alors ils ne sont pas encore partis à Inugsuk.

Najak s'agitait nerveusement. Elle flairait avidement vers la terre, puis elle sentit les tentes et se mit à hurler pitoyablement.

Deuxième partie

7

Le camp était tel qu'ils l'avaient quitté. Le versant descendant vers le fjord était baigné de soleil et les couleurs des montagnes semblaient presque absorber les grandes tentes. Les ombres longues et fines des kayaks et des étendoirs s'étiraient vers le flanc de la montagne et les lourdes pierres sur les fosses à viande formaient des monticules noirs.

Tout excité, Manik se mit à crier et à agiter les mains. Ici revenait quelqu'un qui avait été absent tout l'été. Un chasseur de retour d'un long voyage. Il était si débordant d'enthousiasme que sa rame faillit tomber à l'eau.

Mais seul l'écho lui répondit. Personne ne sortit des tentes, pas un enfant ne les avait repérés depuis son poste d'observation, pas un vieux ne se mit en route vers la plage pour venir aux nouvelles. Le camp semblait sans vie.

Ils accostèrent et tirèrent le bateau sur la plage. Ninioq prit le garçon par la main et ils montèrent ensemble vers les tentes. Elle ressentait de l'inquiétude. Cette inquiétude effrayante qui présageait quelque chose de nouveau et d'étrange. Manik, de déception, était au bord des larmes.

— Où sont-ils tous ? demanda-t-il. Pourquoi il n'y a personne pour nous accueillir ?

— Peut-être sont-ils partis à l'intérieur des terres, répondit Ninioq, ou bien à la chasse au morse. Peut-être n'y a-t-il personne au camp aujourd'hui.

Mais elle sentait que ce n'était pas vrai. Elle sentait qu'il s'était passé quelque chose et qu'il y avait d'autres raisons à ce silence. On n'allait plus à l'intérieur des terres depuis que les rennes avaient disparu de nombreuses années auparavant et on ne partait pas non plus chasser sur d'autres fjords sans les kayaks et les bateaux de femmes. Il s'était passé quelque chose de violent, sentait-elle, quelque chose qui avait fait fuir tout le camp.

Ils arrivèrent à la tente de Katingak. Ninioq appela, mais personne ne répondit. La peau suspendue devant l'entrée s'agitait mollement sous la faible brise venue de la mer. Il émanait de la tente une odeur forte et doucereuse. Ninioq la reconnut immédiatement. Toute sa vie, elle avait connu cette odeur un peu fade, un peu âcre. L'odeur de la mort.

— Reste là, dit-elle au garçon.

Elle le poussa de côté. Il comprit à sa voix qu'il se passait quelque chose d'inhabituel et ne fit aucune objection. Il retourna vers le bateau où Najak était attachée.

Lorsque la peau se rabattit derrière Ninioq, l'obscurité dans la tente sembla presque totale. Seul un faible rayon de lumière filtrait par le trou d'aération et elle se tint un instant immobile, attendant que ses yeux s'habituent à la pénombre. Lentement, les choses se détachèrent et elle se mit à gémir à haute voix.

À ses pieds gisait Katingak. Il était recroquevillé au milieu de la tente, les genoux contre la poitrine. Son visage, éclairé par la faible lumière du trou d'aération, était grimaçant, comme s'il avait souffert horriblement avant que la mort ne le prenne. Son cou et son torse nu étaient couverts de plaies séchées, de grands cratères noirs qui ressemblaient à des bubons éclatés. Ninioq sentit la sueur froide perler sur son front et sur ses paumes. Paralysée, elle regardait son fils. Ses yeux sans vie fixaient quelque chose au-delà d'elle et sa bouche était tordue en un rire affreux qui n'était pas du tout le sien mais appartenait à l'horreur qui l'avait frappé.

Elle s'agenouilla et toucha sa poitrine. Elle était froide et étrangère, sans cette peau douce et chaude qu'elle avait si bien connue. Elle sentit sa gorge se nouer et les larmes lui montèrent aux yeux.

Il avait eu une mort violente, Katingak, lui, le plus aimable et le plus doux des hommes de la tribu. Elle se pencha complètement sur son corps sans vie et se mit à se balancer d'avant en arrière en gémissant. Ses fins cheveux gris balayaient le visage défiguré de son fils. C'était son enfant, le fils qu'elle avait eu avec Attungak, le dernier-né que, sa vie durant, elle avait aimé plus que tout au monde. Des images traversaient par éclairs son cerveau. Un fouillis d'images au milieu desquelles le visage de Katingak s'agrandissait sans cesse et finissait par cacher tout le reste.

Cette mort, semblait-il, avait été pire que toute autre mort. Pire que la mort sur la mer ou sur la glace, pire que la mort que vous inflige un meurtrier. Ceci était une mort apportée par l'inconnu, ces puissances qu'elle avait longtemps redoutées et qui avaient alimenté son inquiétude.

Elle leva les yeux et regarda la plate-forme de couchage. Ivnale y gisait avec ses deux plus jeunes filles et le garçon nommé Le Bravache. Tous étaient nus. Ivnale ne portait même pas son *natit*. Ninioq vit que ses jambes et son bassin étaient couverts de plaies semblables à celles de Katingak et qu'elle avait des filets de sang séché aux commissures des lèvres. L'aînée de ses filles avait porté ses mains autour de son cou comme si elle avait voulu s'étrangler elle-même pour mettre un terme à ses douleurs, dont le reflet se lisait encore dans ses yeux écarquillés et éteints.

Ninioq s'effondra sur Katingak. Elle laissa ruisseler ses larmes tandis qu'elle murmurait le nom de chacun des membres de sa famille. Tous ces êtres chers qui l'avaient à présent quittée pour toujours. Pourquoi ? Pourquoi cette fin horrible à une longue vie ? Qu'est-ce qui les avait frappés ? Quel ennemi pouvait être si puissant qu'il était capable, avec l'aide de ses esprits-assistants, de semer tant de mort en une seule fois ? Ils gisaient là depuis des jours et des jours, et Ninioq avait la certitude que ce n'était pas seulement la tente de Katingak que le mal avait visitée, mais toutes les tentes au bord du fjord de Kerkertak.

Katingak était froid et raide sous elle. Elle tendit une main et lui ferma les yeux pour ne plus voir ce terrible regard. Son chagrin se transforma en une douleur presque physique et elle se lamenta à voix haute. Toutes ces années vécues, sa vie entière, avaient soudain perdu leur sens. Il n'y avait plus de continuation, il ne restait que Manik. Mais Manik n'était plus qu'un enfant sans pourvoyeur et sans futur. Car que ferait-elle de lui ? Comment pourrait-elle l'amener à un âge adulte où il n'aurait aucun besoin de l'aide d'autres hommes ? Elle enfouit avec désespoir son visage dans la longue chevelure noire de Katingak. Cette fois, la mort avait tout exigé. Auparavant, elle avait pris un petit peu à la fois mais aujourd'hui elle avait tout exigé et tout eu. Peut-être n'existait-il plus d'autres êtres humains que Manik et elle, car qui pouvait croire que cette horreur s'était contentée d'un seul habitat ? Sans doute cela avait-il été décidé ainsi depuis longtemps et c'était peut-être la raison pour laquelle elle s'était sentie inquiète. Les possesseurs de pouvoir, qui étaient les propriétaires de tout, ne souhaitaient sans doute plus d'hommes sur la terre. Peut-être parce que l'homme était le pire de tous les êtres vivants. Car il était clair qu'il ne s'agissait que des hommes, sinon les chiens sur l'île n'auraient pas survécu.

Lentement, les pleurs de Ninioq se calmèrent. Seuls des sanglots secs qui traversaient sa poitrine en longs spasmes secouaient son corps. Elle pensa à Manik et se releva avec effort. Que devait-elle faire ? Que lui raconter ? Pouvait-elle lui dire autre chose que la vérité ?

Elle sortit de la tente et regarda vers la plage. Manik faisait des ricochets avec des cailloux et Najak, couchée à ses pieds, l'observait avec attention. Ninioq s'assit dans la bruyère à quelques pas de la tente. La vue du garçon lui faisait du bien et elle l'observa avec tendresse. Un enfant issu d'elle. Ni lui ni elle n'avaient été réclamés par les hautes puissances qui avaient pourtant tout exigé. Peut-être avaient-elles décidé que Manik devait vivre et qu'elle aurait le droit de l'aider à se développer dans un monde à présent débarrassé de tout ce qui était ancien et connu. Cela voulait-il dire que sa vie à lui serait meilleure que tout ce qui avait été vécu auparavant ? Devait-il perpétuer les traditions infiniment vieilles ou devait-il se développer à l'aide de ses propres expériences et le peu de choses que Ninioq pourrait lui apporter ? Elle l'appela.

— Où sont-ils ? demanda-t-il.

Il vit ses yeux rougis de larmes.

— Qu'est-ce qu'il y a, Ninioq ? Ils sont là-dedans ?
— Ils sont tous dans la tente, dit Ninioq.
— Alors pourquoi ils ne sortent pas ? Ils sont malades ? Est-ce que tu as vu Katingak ?

Il raclait impatiemment la terre du pied.

— Ton père est mort, répondit Ninioq doucement. Ton père et ta mère, Kisag et tous tes frères et sœurs. Tous les gens du camp sont morts.

Le garçon la regarda sans comprendre.

— Morts ? Pourquoi ? Pourquoi ça ?

Ninioq remua doucement la tête. Elle l'attira vers lui et le prit par les épaules.

— Il y a sûrement une raison, répondit-elle, mais nous ne la connaissons pas.
— Et je ne les verrai plus ?
— Non, ils sont dans un endroit où on ne peut pas les voir.
— Mais je ne les verrai plus jamais ?

Il regarda Ninioq l'air incrédule.

— Même pas papa ?

Ninioq fit non de la tête. Manik mit longtemps à réaliser la portée de ce nom. Il était raide entre ses bras, comme s'il résistait. Ces mots inconcevables ne furent que lentement entendus et, pendant longtemps, il lutta contre des larmes qui s'imposaient de façon aussi incompréhensible que les mots. Puis, soudain, il comprit. D'un seul coup, il réalisa toute la terrible vérité. Il posa sa tête sur les genoux de Ninioq et pleura. Tout son petit corps tremblait. Ninioq lui caressa la tête et le dos pelotonné. Elle n'avait pas d'autre consolation à lui offrir. Il lui fallait se vider de ses larmes pour surmonter. Il sanglotait violemment et pressait son visage contre elle autant qu'il le pouvait. Il prononçait des mots incompréhensibles mais Ninioq savait que c'étaient les noms de Katingak et d'Ivnale.

Ils restèrent longtemps ainsi, Ninioq et Manik. Elle lui donna tout le temps qu'il fallait et continua à le caresser doucement. Au-dessus des montagnes, le soleil était bas sur l'horizon et jetait de larges gerbes de lumière rosée sur le fjord et la mer. Ce n'est que lorsque le silence descendit sur eux qu'elle comprit que l'enfant s'était endormi. Un silence bienfaisant qu'elle entendait jusqu'au plus profond d'elle-même. C'était le silence familier qui lui montrait le chemin vers elle-même mieux que bien des pensées, qui soudain l'environnait comme un mur mais qui en même temps l'ouvrait à l'infinité du monde. Le silence qui était dans le ciel bleu et froid, dans le lumineux désert hivernal et dans les hautes montagnes. Le silence qui était une demeure pour son âme et qu'elle sentait être son véritable foyer. Ce silence qui l'avait suivie tout au long de sa vie et qui serait auprès d'elle quand elle mourrait.

Elle écouta la respiration tranquille du petit garçon et ressentit soudain une joie douloureuse. L'enfant était chaud et vivant. Elle avait eu le droit de le garder, le droit de continuer à vivre pour lui. Avec délicatesse, elle enleva sa tête de ses genoux. Elle remonta son capuchon d'anorak et posa sa joue sur la bruyère. Puis elle se leva et retourna à la tente de Katingak.

Cette fois, elle écarta complètement la peau de l'entrée afin de faire pénétrer la faible lumière de l'après-midi. Il fallait qu'elle se souvienne de beaucoup de choses car il s'agissait de se munir pour tout l'hiver. Elle rampa jusqu'à une des couches latérales où elle savait qu'Ivnale conservait les fourrures d'hiver et, après avoir fouillé un peu, elle en sortit la plupart des vêtements de peaux. Lorsqu'elle s'allongea sur le ventre pour chercher les kamiks d'hiver de Manik sous la couche, elle découvrit avec étonnement de petits éclats d'un matériau brun et transparent. Elle en tendit un vers la lumière et laissa son doigt courir sur le bord coupant.

D'où cela pouvait-il provenir? Katingak ou un des enfants l'avait-il trouvé ou cela avait-il été apporté au camp par des étrangers? Cela n'avait ni goût ni odeur et venait d'un type de pierre inconnu d'elle.

Elle repoussa les morceaux sous la couche. Peut-être avaient-ils été apportés dans la tente par les puissants esprits qui avaient visité le camp et renfermaient-ils encore des forces inconnues et magiques qu'il fallait craindre.

Elle évita autant que possible de toucher aux cadavres. Mais elle se pencha sur chacun d'eux pour revoir une dernière fois leur visage. La vue des petites filles et du nouveau-né de Kisag lui fit monter les larmes aux yeux et le visage déformé d'Ivnale était presque insupportable à regarder. Lorsqu'elle se pencha au-dessus de Kisag, elle vit quelque chose briller dans son petit chignon ébouriffé. Elle tendit la main et retira trois longues aiguilles. Elle les reconnaissait, ces aiguilles. C'étaient les mêmes que celle que la femme de Pigsiarfik lui avait montrée bien des années auparavant et qu'elle avait acquise en couchant avec des étrangers. Soudain Ninioq réalisa ce qui s'était passé. Le grand bateau aux peaux blanches avait rendu visite au camp. Ce bateau, qui auparavant avait été porteur de joie, s'était à présent montré malveillant. Peut-être avait-il toujours été malveillant car, au fond, que savaient les hommes de ce bateau ? Et comment savait-on que les esprits étaient aimables quand on ne comprenait pas la langue qu'ils parlaient, comment pouvait-on croire que l'eau dont avait parlé Kokouk était merveilleuse quand on perdait le contrôle de ses membres et que l'on se sentait comme possédé quand on la buvait ? Les esprits du grand bateau avaient rendu visite à Kerkertak. Et cette fois, ils avaient révélé leur véritable nature. Kisag avait évidemment reçu ses aiguilles en couchant avec l'un des étrangers, avant qu'il ne la tue, et Katingak avait bu le liquide magique contenu dans les récipients bruns du même matériau que les bouts cassés retrouvés sous la couche. Ce bateau terrible avait navigué le long de la côte pendant de nombreuses années. Il avait rendu visite à tous les habitats et appris à connaître tous les habitants. Et à présent il avait enfin exécuté la vengeance que les possesseurs de pouvoir lui avaient ordonné d'exécuter.

Ninioq tint les aiguilles brillantes devant la lumière. C'étaient des aiguilles tout à fait extraordinaires. Longues, inutilisées et incroyablement pointues. Des aiguilles comme elle avait souhaité toute sa vie en posséder. Celles-ci avaient appartenu à Kisag. Elle avait couché avec un étranger et été si plaisante qu'on lui en avait offert trois au lieu d'une, comme on le faisait d'habitude. Mais à présent Kisag était morte. Tuée par le donneur d'aiguilles, et lorsqu'elle avait senti venir la mort, elle les avait enfoncées dans son chignon afin de les emmener avec elle dans son voyage vers les habitats éternels.

Ninioq remit deux des aiguilles dans les cheveux de Kisag. La troisième, elle la fourra dans une petite poche de peau qu'Ivnale utilisait pour ranger ses fils, ses poinçons et ses aiguilles en os.

Lorsqu'elle quitta la tente et sortit dans la lumière, elle vit que Manik s'était réveillé. Elle déposa les sacs en peau remplis et s'assit à côté de lui. Allongé sur le dos, il fixait en silence le ciel bleu sombre.

— Personne ne saura que j'ai tué le phoque, murmura-t-il d'une voix empâtée.

Il tourna son visage gonflé vers Ninioq.

— Ils le savent certainement tous, là où ils sont, répondit Ninioq. Je crois que là-bas on est informé de tout. D'ailleurs, je suis sûre que Katingak désire que tu reprennes ses armes. C'est sûrement le souhait de tous les chasseurs que tu ramasses les armes que tu préfères, car ce n'est pas bon pour une arme de ne pas être utilisée.

Manik s'essuya le nez du dos de la main. Il se mordit les lèvres pour ne pas se remettre à pleurer.

— Tu crois que papa avait fini mon kayak ? demanda-t-il.

— Peut-être. Mais s'il n'a fini que la carcasse, nous l'emmènerons sur l'île et je le recouvrirai de peau, répondit Ninioq. Descends sur la plage et regarde si tu le trouves.

Manik se leva. Elle posa sa joue contre sa jambe.

— Tu peux prendre tout ce que tu as envie d'emmener et le mettre dans le bateau de femmes. Tu auras sûrement besoin de tout, parce que maintenant tu es devenu mon pourvoyeur. Mais dépêche-toi, il va bientôt faire nuit.

— On va rester ici cette nuit ?

— Nous allons dormir dans le bateau. Je vais prendre des peaux de couchage dans toutes les tentes et nous n'aurons pas froid, tu verras.

Ils travaillèrent jusqu'à ce que l'obscurité les rattrape. Ninioq était allée dans chacune des tentes et partout ç'avait été la même vision. Des cadavres nus avec de grandes plaies, des visages tordus, des bouches béantes et des yeux écarquillés. C'était comme elle l'avait pensé. Il n'y avait pas un seul survivant dans le camp.

Elle rassembla tout ce qui était utilisable et le déposa devant les tentes. Manik avait trouvé son kayak. Il était tout à fait terminé et sur le pont se trouvaient les outils, le flotteur et la ligne. Il le porta jusqu'au bateau de femmes et retourna chercher les armes sur les autres kayaks. Ensuite il aida Ninioq à porter de la viande et d'autres affaires jusqu'à la plage et, ensemble, ils remplirent des sacs de peau de la graisse qu'ils trouvèrent dans les fosses. Ils recueillirent les œufs et les baies récoltés par la tribu, et transportèrent les peaux, les lampes, les marmites et tout ce que Ninioq trouvait utile, jusqu'au bateau.

Ninioq s'étonnait qu'il n'y ait pas davantage de nouvelles peaux, lorsque soudain elle se souvint que Kokouk avait parlé de l'appétit des étrangers pour celles-ci. Bizarre, pensa-t-elle, que des esprits possédant tant de capacités puissent désirer des peaux tout à fait ordinaires. À quoi pouvait bien leur servir une pitoyable peau de phoque quand ils savaient eux-mêmes produire les choses les plus merveilleuses, eux qui étaient si puissants qu'ils pouvaient tuer un peuple entier avec leurs armes magiques ? Car il n'y avait pas de doute qu'ils avaient utilisé ces terribles armes dont Kokouk avait également parlé.

Ils retournèrent le bateau et entassèrent les affaires le long des côtés. Une fois que Ninioq eut étalé les peaux de couchage, ils se glissèrent dans leur abri. Ils se rassasièrent de la bonne viande à moitié pourrie que Ninioq avait trouvée enterrée derrière la tente de Katingak et s'allongèrent, fatigués. Avant que Manik ne s'endorme, Ninioq lui mit dans la main le fourreau en bois contenant le merveilleux couteau de Kokouk et lui dit :

— On sait que Kokouk sera content de savoir que son couteau est maintenant sous la garde d'un futur chasseur.

Manik tâta le couteau et le fourra sous la peau. Il ne dit rien mais cacha son visage sur la poitrine de Ninioq et commença à pleurer doucement.

8

Il ne fut pas facile d'aménager la grotte pour l'hiver. Tant qu'ils avaient attendu les kayaks, elle avait été un excellent refuge. Mais maintenant qu'elle devait être utilisée comme habitation d'hiver, elle paraissait étrangement inhospitalière. Ninioq pensait avec nostalgie aux grandes maisons collectives où chaque famille avait son espace séparé, où les gens vivaient en communauté et où bourdonnaient sans cesse de nombreuses voix. Dans la grotte, tout était silencieux et solitaire. Il n'y avait que les bruits qu'ils produisaient eux-mêmes.

C'était comme si Manik avait moins de mal à se faire à sa nouvelle existence. Les premiers jours, il était resté silencieux, pleurant souvent, mais à mesure que s'éloignait ce qu'ils avaient vécu au camp, il devint plus bavard et commença à s'intéresser aux armes qu'il avait ramenées, ainsi qu'à son kayak. Chaque matin, il s'asseyait dans le kayak et pagayait le long de la plage, sans toutefois s'éloigner de là où il avait pied.

Ninioq s'évertuait à ciseler ses sombres pensées. Son inquiétude avait disparu mais était remplacée par une grande fatigue. Elle craignait cette fatigue plus que tout car elle savait qu'il lui fallait vivre pour le garçon. De temps à autre, elle avait le sentiment que tout ce qu'elle faisait était inutile, que quoi qu'elle fasse, quels que soient ses efforts pour assurer un hiver dans la grotte, le résultat était connu d'avance. Les terribles esprits du bateau n'avaient pas eu besoin de faire le déplacement jusqu'à l'île pour les faire mourir.

Mais ensuite, comme elle regardait Manik, si débordant de vie, si intensément absorbé par l'apprentissage de ses nouvelles armes, si fortement convaincu de ses propres capacités, elle retrouvait le courage et ressentait de nouveau un peu de cette combativité avec laquelle elle avait toute sa vie fait face à l'adversité. Et elle surmontait pour un temps sa fatigue et ses sombres pensées.

Il y avait cependant des jours où le garçon et elle oubliaient presque leur situation malheureuse. Comme lorsque vint le moment où Manik dut apprendre à faire tourner son kayak dans l'eau. Ninioq l'avait surveillé avec inquiétude lorsqu'il pagayait le long de la plage, car même si le kayak était bien équilibré et que Manik le manœuvrait avec facilité, elle savait que le moindre incident pouvait le faire chavirer. Tant qu'il restait là où l'eau était peu profonde, il pourrait sans doute se dégager du kayak et revenir à pied, mais s'il partait à la chasse, ce qui était son vœu le plus cher, il se noierait au premier chavirement. Aussi fallait-il qu'il apprenne à retourner le kayak.

Un soir, Ninioq lui expliqua comment redresser un kayak chaviré. Elle s'assit à terre, les genoux tendus, et lui montra les mouvements simples à faire avec les bras et le corps. Le garçon s'assit à côté d'elle et l'imita, et Ninioq lui fit répéter les exercices jusqu'à ce qu'elle juge qu'ils étaient bien assimilés. Le lendemain matin, ils descendirent sur la plage pour que Manik fasse un essai sur l'eau.

Manik s'assit dans le kayak. Il serra bien le capuchon d'anorak autour de son visage pour que l'eau ne puisse pas pénétrer et Ninioq fixa une courroie supplémentaire autour de la peau protégeant le trou d'homme, pour rendre le kayak plus étanche. Puis elle poussa le kayak au large jusqu'à ce que l'eau clapote au-dessus des empeignes de ses kamiks. Elle agrippa solidement la pointe en os qui protégeait la proue. Manik frappa légèrement la nouvelle glace de sa pagaie pour avoir une brèche d'eau libre autour de lui. Puis il plaça la pagaie le long du côté du kayak, avec la main gauche sur le milieu de la rame et la main droite sur une des pales.

Lorsqu'il chavira, Ninioq pouvait le voir très clairement sous l'eau. La peau du kayak, aux reflets verts, se collait contre lui. Le garçon fit tourner son corps sous l'eau, comme il l'avait appris, et plaça la pagaie à angle droit du kayak. Puis il poussa la pale libre vers la surface d'un geste rapide, par-dessus sa tête. Le kayak tourna, mais pas suffisamment. La pagaie s'était positionnée trop à plat et, juste au moment où il allait arriver à la surface, Manik repartit au fond, la tête en bas. Ninioq le rattrapa et redressa le kayak.

— J'y suis presque arrivé ! cria Manik.

Il toussait et crachait l'eau qu'il avait avalée dans son excitation.

— Tu as vu, Ninioq, je suis presque remonté !

— On a surtout vu que tu as presque rebasculé au fond, gronda Ninioq. On dirait que tu n'as absolument rien appris hier. On t'a expliqué d'innombrables fois la chose la plus importante, la prise de la main gauche, mais on n'a pas vu ton poignet arrondi sous l'eau.

Elle hocha la tête.

— Mais sinon, tu t'es bien débrouillé. Essaie encore une fois.

Le deuxième essai fut plus réussi. Manik redressa complètement le kayak mais, cette fois, il avait pris tant de vitesse qu'il bascula de l'autre côté et se retrouva de nouveau la tête en bas. Ninioq le remonta à la surface.

— Ici, il s'agit davantage de sentir les choses que d'utiliser sa force musculaire, lui expliqua-t-elle. C'est totalement inutile d'utiliser autant de forces. Fais tout lentement, tu as le temps, un homme peut tenir longtemps sans air. Reste un peu, quand tu es en bas, et regarde autour de toi. Regarde ta pagaie quand tu la mets sur le côté, regarde-la quand tu la pousses au-dessus de ta tête et sens comment tu glisses doucement, sûrement, vers le haut. Une fois arrivé en haut, ne pousse plus. Laisse la rame flotter dans l'eau.

Manik essaya de nouveau et, cette fois, il y parvint. Il glissa sa pagaie sous les courroies du pont et fourra les gants à deux pouces sous le siège du kayak.

— Cette fois c'était bien, hein ? demanda-t-il. Ce n'est pas difficile du tout. Est-ce que je peux essayer tout seul ?

Ninioq lâcha la proue et revint à terre. Il était clair que le garçon avait saisi la manœuvre et qu'il pouvait se débrouiller sans aide. Bientôt il saurait remonter avec le seul secours du propulseur de son harpon et, après quelques essais, à la force de ses mains. Elle sentait qu'il avait cela en lui, exactement comme elle l'avait eu elle-même bien des années auparavant.

Manik exécuta de nombreux redressements. Il en fit en série et il en fit lentement, en restant longtemps la tête sous l'eau pour s'habituer à cette nouvelle sensation. Il chavira le kayak à grande vitesse et il chavira sur fond haut, où cela faillit cependant mal tourner parce qu'il n'avait pas suffisamment d'espace pour brandir la pagaie.

Ninioq le repêcha et il sortit du kayak en toussant et en crachant.

— Quant il n'y a pas de fond, il faut que tu marches sur les mains jusqu'au rocher le plus proche ou bien jusqu'à la plage, dit Ninioq en riant. C'est le moyen le plus rapide pour sortir la tête de l'eau.

Ils s'assirent à côté du kayak remonté sur la plage et Ninioq lui raconta le jour où elle avait retourné un kayak pour la première fois.

— C'était avant ta naissance, dit-elle, avant même que je mette au monde mes propres enfants. Ton grand-père Attungak et moi étions partis vers le nord pour retrouver le frère d'Attungak qui était allé s'installer quelque part là-haut. Nous voyagions avec des chiens, mais nous avions aussi un kayak sur le traîneau, parce que le voyage allait être si long que nous passerions un été là-bas.

« Jamais nous n'avons retrouvé le frère d'Attungak. Peut-être était-il mort de faim puisque les années précédentes avaient été très dures ou peut-être était-il parti rejoindre le peuple dont nous sommes issus, à l'aube des temps. Nous avons trouvé les restes de son habitat mais il était abandonné depuis de nombreuses années.

« Nous avons passé cet été-là dans une vallée fertile, orientée au sud, et c'est là que j'ai appris à faire du kayak.

Elle entoura de ses bras ses jambes relevées et posa le menton sur ses genoux.

— Un jour, Attungak avait découvert une piste d'ours sur la plage. Nous l'avons suivie le long de la côte jusqu'à ce qu'elle disparaisse à l'embouchure d'un large torrent. L'animal avait apparemment longé le torrent pour pêcher l'omble chevalier comme en ont l'habitude les ours au moment où ces poissons remontent pour frayer. Et en effet, à un jour de voyage du fjord, nous avons trouvé l'ours. Il se tenait sur un petit replat au-dessus du torrent, avec une patte plongée dans l'eau froide pour calotter les poissons qui passaient.

« Attungak l'a approché avec son harpon et l'ours était tellement absorbé par sa tâche qu'il n'a rien senti avant qu'Attungak n'ait levé et lancé son arme. Mais au moment même où il la lançait, l'ours a tourné la tête et le harpon s'est planté dans son épaule et non dans sa gorge. Évidemment, ce coup n'était pas mortel et l'ours s'est mis à frapper le harpon jusqu'à ce que le manche casse. Puis il s'est assis sur son derrière et a tendu ses pattes de devant vers Attungak.

Manik était suspendu aux lèvres de Ninioq.

— Et qu'est-ce qu'il a fait, Attungak ? demanda-t-il.

— Il a ri, répondit Ninioq en souriant. Ton grand-père riait de tout. Il trouvait incroyablement comique qu'il ait pu rater son tir et blesser l'ours à l'épaule au lieu de la gorge.

— Mais qu'a fait l'ours ?

— Ah, l'ours. Oui, il hurlait de rage et ses yeux étaient tout rouges. Puis il a bondi. Attungak a roulé sur le côté puis s'est précipité sur lui avec son couteau, avant qu'il ne se retourne. Il a fourré son bras dans sa gueule et enfoncé le couteau profondément dans son poitrail, à l'endroit du cœur. Et tous les deux ont basculé par terre, l'ours en hurlant sauvagement et Attungak avec un grand rire. Lorsque enfin l'ours est mort, Attungak lui ayant ouvert la poitrine et arraché les artères du cœur, ils étaient tous les deux si tendrement enlacés que l'on n'a pas pu s'empêcher de rire aussi. Bien sûr, Attungak était vraiment mal en point. J'ai dû arracher de son dos les griffes de l'ours, et le bras qu'il avait enfourné dans sa gueule était sérieusement mâché et cassé à deux endroits. Mais même si ça lui faisait mal et qu'il avait perdu beaucoup de sang, Attungak a continué à rire pendant longtemps. Toute cette chasse, disait-il, avait été si comique qu'il se réjouissait à l'idée d'en entretenir ses compagnons de l'habitat pour qu'eux aussi puissent s'amuser.

« Pendant longtemps, il ne put pas se servir de son bras gauche et, comme c'était l'été et qu'il y avait beaucoup de phoques dans le fjord, j'ai dû apprendre à faire du kayak.

— Et tu as vraiment appris ? demanda Manik, plein d'étonnement.

Jamais il n'avait entendu parler d'une femme qui savait manier le kayak et il pensait que ce savoir était uniquement accordé aux hommes.

— On a appris parce que c'était nécessaire, répondit Ninioq. Tu vois, Attungak était un bon maître. Meilleur que moi. Parce qu'il était plus sévère.

Elle étendit ses jambes et posa les mains sur ses cuisses.

— Les premières fois, moi non plus je n'arrivais pas à le retourner. Mais il ne m'aidait pas à remonter avant que j'aie avalé une terrible quantité d'eau, au point que j'avais l'impression d'étouffer. Il faisait ça pour me montrer combien c'était désagréable de se noyer. Et une fois que je suis arrivée à me retourner seule deux ou trois fois, il m'a fait chavirer de toutes les manières imaginables afin que rien ne puisse me surprendre. Il m'a fait basculer le corps en arrière et chavirer de cette façon-là, il m'a retiré la pagaie pour que je me serve de mes mains et il a rempli à moitié le kayak d'eau pour m'apprendre comment réagir. Oui, c'était un maître sévère mais très bon et, lorsque enfin nous sommes revenus dans la tribu, je savais manier le kayak aussi bien que n'importe quel chasseur.

— Qu'est-ce qu'ils ont dit dans ta famille ?

Manik pouffa un peu de rire car il était étrange de se représenter une femme dans un kayak.

— Oh, ils se sont tous moqués de moi et m'ont donné beaucoup de surnoms. D'ailleurs, après mon retour, je ne me suis plus que rarement assise dans un kayak.

Manik hocha la tête.

— C'était sûrement sage, dit-il, sinon tu n'aurais pas été une vraie femme.

Il se demandait quel effet cela faisait d'avoir le kayak à moitié rempli d'eau et brûlait d'essayer de se retourner sans pagaie. Le récit de la lutte d'Attungak avec l'ours le fit beaucoup réfléchir.

— Ninioq, est-ce qu'Attungak a vraiment ri quand il s'est battu avec l'ours ?

— Il a ri tout le temps parce qu'il pensait que c'était une chasse comique, répondit-elle. Beaucoup de choses faisaient rire ton grand-père, des choses que les autres ne trouvaient pas du tout amusantes. C'était un homme très joyeux.

Ils étaient allongés sous les peaux, repus et comblés après leur repas de viande et d'intestins de phoque, accompagnés de bouts de graisse que Ninioq avait fait mijoter sur le feu toute la journée. Manik regardait les petites flammes s'élever sur le bord de la lampe et il observa attentivement Ninioq pendant qu'elle régulait le feu avec le petit bâtonnet en os appelé *atgut*.

— Qu'est-ce qu'il faisait d'autre, Attungak ? demanda-t-il.

Il n'arrivait pas à éloigner son grand-père de ses pensées.

— Est-ce qu'il savait aussi invoquer les esprits ?

Ninioq déposa l'*atgut* sous le trépied de la lampe et retira du feu la marmite en pierre. Elle versa la soupe de viande et d'intestins dans un grand bol en bois et remplit la marmite d'eau.

— Il avait des esprits-assistants dans le fjord, répondit-elle. Et il avait le don d'écarter certaines maladies et de prévoir les naissances. Mais avant tout, il était un grand chasseur, celui qui rapportait le plus de viande à l'habitat.

— Et quoi encore ?

Manik prit le bol en bois et avala une gorgée de soupe.

— Est-ce que c'était un bon manieur de kayak ?

— Le meilleur, répondit Ninioq. Personne ne savait manier un kayak comme lui. Il partait volontiers par mauvais temps parce qu'il n'avait jamais de mal à retrouver son chemin, ni sous la bruine de mer ni dans le brouillard. On disait que dans sa jeunesse il avait vu le phoque géant, qui est un phoque d'une taille gigantesque. Il ne me l'a jamais raconté à moi mais il l'a confié à Akutak qui était devenu son frère. Il avait harponné ce phoque colossal, qui a un pelage tout duveteux et la même forme que les bébés phoques *netsilik*, et celui-ci l'a entraîné tellement loin qu'il ne voyait plus la terre. Arrivé au large, le phoque a plongé sous l'eau, entraînant Attungak et son kayak vers les profondeurs où demeurent les requins. Ce n'est que lorsque Attungak a réussi à couper la courroie de son harpon qu'il a pu remonter à la surface. Il saignait énormément du nez et des oreilles et était si faible qu'il a dû rester allongé toute la nuit, avec la pagaie en travers, pour rassembler des forces. Une autre fois, il a vu une pointe de flèche avec un flotteur, grand comme un iceberg, et il a su que c'étaient les géants du pays d'Akilineq qui avaient chassé le gigantesque phoque.

Manik essuya un peu de soupe sur son menton et se lécha les doigts.

— Pourquoi est-ce qu'il s'est laissé entraîner si loin sur la mer ? Est-ce que c'est parce que le flotteur s'était accroché au kayak ou bien que la ligne était mal enroulée ?

— Attungak ne chassait jamais avec un flotteur, répondit Ninioq. Il n'utilisait qu'une courroie et il se laissait entraîner par le phoque jusqu'à ce que celui-ci meure.

Manik se rallongea avec un soupir et joignit ses mains derrière sa tête.

— Si seulement on pouvait devenir comme Attungak.

Il jeta un coup d'œil sur son collier à amulettes qui barrait sa poitrine.

— Et comme Katingak, rajouta-t-il.

— Ce n'est pas impossible.

Ninioq tira la rangée de vêtements mouillés au-dessus du feu.

— Peut-être as-tu ça en toi. Pour devenir un grand chasseur, il faut avoir ça en soi, dit-elle. Bien sûr, on peut apprendre beaucoup de choses et on peut s'exercer à bien des aptitudes, mais si on ne l'a pas en soi, et si on n'est pas sur un bon pied avec les puissances, on ne devient jamais plus qu'un chasseur moyen.

Elle vint s'asseoir sur le bord de la couche et ses gestes firent s'élever les flammes de la lampe.

— Est-ce qu'on peut apprendre à devenir *angakok* ? demanda-t-il.

— L'invocation des esprits, c'est également quelque chose qu'il faut avoir en soi. C'est comme la chasse. On peut apprendre certaines choses mais pour devenir un grand invocateur, cela exige plus. Akutak était un grand invocateur d'esprits. Enfant, il s'asseyait sur les genoux de l'*angakok* Sanersak et il était son apprenti. Il a vécu des choses tout à fait incroyables.

— Est-ce qu'il connaissait toutes les puissances, Ninioq ?

— La plupart d'entre elles.

— Il connaissait aussi les *ingersuit* ?

— Oui, ceux-là, il les connaissait, les supérieurs qui sont bienveillants envers les hommes, comme les inférieurs qui en veulent à la vie des bons chasseurs.

— Est-ce qu'il t'a parlé d'eux ? demanda le garçon avec curiosité.

— Un jour, il m'a raconté comment il avait été capturé par les *atdlit*, ces mauvais esprits qui n'ont pas de nez. C'était quelques années après que sa femme fut morte de famine. Il était sorti en kayak un matin et avait lancé son harpon sur un petit phoque des fjords. Mais c'était un phoque bizarre. Il était plus fort que les autres phoques et presque immédiatement, il l'a fait chavirer. Akutak s'est remis d'aplomb avec la pagaie, comme tu sais le faire, mais le phoque n'arrêtait pas de le faire chavirer. Il a fini par l'arracher du kayak et Akutak, avec juste le torse hors de l'eau, est resté longtemps accroché à son embarcation. Puis soudain il a entendu un bruit de rames. C'étaient les sans-nez qui venaient du rivage. Ils se sont montrés aimables, puisqu'ils ont vidé l'eau de son kayak, l'y ont rassis et l'ont traîné jusqu'à terre. Mais une fois qu'ils ont eu remonté le kayak sur la plage, ils ont brisé sa pagaie et l'ont emmené dans leur logis qui se trouvait sous terre. Akutak racontait qu'on y descendait en passant à travers un tertre d'herbe et que l'entrée était invisible à l'œil humain.

« À l'intérieur, ils l'ont assis sur une des couches latérales et lui ont demandé de leur parler. Mais ça, il n'en avait pas du tout envie, maintenant qu'il était leur prisonnier. Alors ils l'ont menacé de lui couper le nez pour qu'il devienne comme eux et une vieille bonne femme s'est mise à aiguiser un grand couteau. Mais Akutak ne voulait toujours pas leur parler. Cela a rendu un des *atdlit* tellement furieux qu'il s'est levé et a serré les tempes d'Akutak si fort qu'il a perdu conscience. Et quand il est revenu à lui, ils l'ont attaché, accroché au plafond et ils lui ont coupé le nez.

« Mais là, Akutak s'est vraiment fâché. Il a appelé ses esprits-assistants, parmi lesquels se trouvaient deux *erkungasut* particulièrement malins. Ils sont immédiatement arrivés en courant par le couloir d'entrée mais l'un d'eux a tout de suite été tué par la femme au couteau. L'autre *erkungasut*, qui était extrêmement intelligent, a effrayé les vilains sans-nez et jeté tous leurs couteaux dehors. Puis il a libéré Akutak et s'est penché sur l'esprit-assistant mort pour lui réinsuffler la vie.

« Akutak s'est alors enfui vers son kayak. Il a sauté dedans et s'est éloigné de terre aussi vite que possible. Mais à un moment donné, il a senti quelque chose derrière lui et s'est retourné. Et il a vu que c'était l'esprit-assistant mort qui courait sur l'eau pour lui apporter son nez tranché.

Ninioq hocha gravement la tête en direction du garçon.

— Il faut faire attention à beaucoup de choses, quand on est en mer, dit-elle.

Manik serra la patte de lièvre suspendue au bout de son collier à amulettes.

— C'est pour ça qu'Akutak a une cicatrice sur le nez ? demanda-t-il.

— Oui, elle vient de ce jour où ils le lui ont coupé, répondit Ninioq, et chaque fois que la conversation venait sur les vilains sans-nez, sa cicatrice devenait toute blanche et brillante.

Manik tâta son propre petit bout de nez et se demanda quel effet cela pouvait faire de se le faire couper. Ce récit accrut énormément son admiration pour Akutak.

— Raconte encore, Ninioq, la supplia-t-il, parle-moi d'Akutak et d'Attungak, et de Katingak quand il était comme moi.

Et Ninioq lui parla des deux hommes qui étaient devenus comme des frères, et elle lui parla de son fils et de bien d'autres personnes. Elle rapporta ce qu'elle avait elle-même vu et entendu, parla des temps révolus et relata au garçon des récits aussi vieux que les hommes. Manik buvait ses paroles. Il les prenait à lui, il les enfouissait au fond de sa conscience comme de précieux trésors et sentait qu'elles lui appartenaient comme elles avaient appartenu à tous les autres qui les avaient entendues avant lui. Heure après heure, elle lui transmit cet héritage que son peuple avait conservé à travers de nombreuses générations et, cet après-midi-là, aucun d'entre eux ne pensa au camp décimé près du fjord de Kerkertak, aux hommes morts qui y gisaient.

Manik ne put profiter que quelques jours de ses talents récemment acquis. Le froid s'intensifia, le temps calme persévéra et la nouvelle glace se renforça jusqu'à devenir si épaisse que ni houle ni soleil ne pouvaient plus l'affecter. Le kayak fut transporté au côté du bateau de femmes et arrimé pour l'hiver.

Les jours se firent plus monotones pour le jeune garçon et, bien qu'il pût encore vagabonder sur les rochers avec ses armes, le temps commença tout doucement à lui sembler long.

Il ne posait plus de questions sur ses parents. C'était comme s'il avait admis leur disparition. Par contre, il interrogeait souvent Ninioq sur d'autres personnes. Il devait bien être possible de trouver d'autres habitats puisqu'elle-même avait parlé de tous les gens qui peuplaient la côte. Ne pourraient-ils pas, une fois que la glace serait devenue assez épaisse, partir vers les terres du Sud jusqu'à ce qu'ils trouvent des contrées habitées ? Ninioq ne savait-elle pas où se trouvait l'habitat le plus proche ? Peut-être y connaissait-elle des gens, peut-être y avait-elle même de la famille ?

Ninioq ne pouvait répondre à toutes ces questions. Elle avait la forte impression que ces terribles étrangers avaient tué tous les hommes. Ils avaient visité au cours des années tous les habitants. D'abord, en esprits aimables et généreux, puis comme des vengeurs impitoyables. Lorsqu'elle y repensait, elle se souvenait de la façon dont le pays s'était dépeuplé peu à peu sous l'effet de la maladie, de la faim et des meurtres. Elle se souvenait des années où le climat s'était modifié. Les années où la chaleur était tombée sur le pays au milieu de l'hiver et où les rennes et les bœufs musqués étaient morts parce que, lorsque le gel était revenu, ils n'avaient plus pu atteindre la nourriture nécessaire. Étaient-ce les vengeurs du grand bateau qui étaient responsables de ce changement de temps ?

Manik réclamait une réponse. Et elle inventa un habitat qui se trouvait très loin vers le sud. Un habitat peuplé de nombreuses personnes, des hommes joyeux, chez qui l'on ne manquait jamais de viande. Elle détailla cet habitat si prometteur, où tous les hommes étaient de grands chasseurs et où les femmes avaient toutes les vertus qui font une bonne épouse. Elle parla des jeux des enfants, de leurs chants et de leurs nombreux talents et elle recommanda à Manik de se perfectionner dans l'art de la chasse, avant qu'ils ne partent pour cet habitat, afin qu'il ne risquât pas de se faire honte à lui-même, ni de l'humilier, elle.

Il lui fallait s'exercer au tir à l'arc, apprendre à utiliser toutes sortes d'armes. Il lui fallait s'entraîner à lancer le harpon sans propulseur, et à manier le harpon à ailettes de Katingak à la perfection. Mais il ne suffisait pas seulement de savoir se servir de toutes ces armes. Il devait encore apprendre à les faire, peut-être même à les améliorer. Alors seulement, quand il estimerait être à la hauteur et pouvoir se mesurer à ces gens d'une si grande adresse, ils se mettraient en route.

Le garçon accepta volontiers ces conditions. Il était d'avis que les aptitudes en question seraient vite acquises et qu'ils seraient prêts au départ dès le début du printemps suivant.

Peu de temps après, il eut l'occasion de montrer à Ninioq l'assurance avec laquelle il se servait de son arc destiné à la chasse aux oiseaux.

9

Ils avaient entreposé toute la viande dans une grotte profonde et étroite qui se trouvait à un jet de pierre de celle qu'ils habitaient. Ils en avaient refermé l'entrée avec des pierres plates posées les unes au-dessus des autres, une précaution nécessaire en raison des voleurs à quatre pattes.

Plusieurs fois déjà, le renard avait rendu visite à l'île. Ils avaient vu ses traces sur la fine couche de neige recouvrant la glace de mer et, la nuit, ils avaient entendu Najak aboyer furieusement pour le chasser.

Un iceberg avait échoué au large de l'île et se trouvait maintenant prisonnier de la glace à quelques mètres de la côte. C'était une chance, se disait Ninioq, puisqu'à présent ils auraient de la glace à fondre pour tout l'hiver, ce qui leur éviterait de devoir casser celle du petit lac pour trouver de l'eau.

Manik et Ninioq passèrent de nombreux après-midi à pêcher au leurre des chabots et des cabillauds dans la faille d'eau libre creusée par la marée. Manik s'essaya quelquefois à la pêche au bord d'un trou de respiration de phoque mais cette attente monotone le lassait rapidement. La compagnie lui manquait et il s'accrochait à Ninioq.

Les nuits, à présent, étaient devenues plus longues que les jours et l'obscurité augmentait à chaque nouvelle lune. Le froid s'accrut encore et la première neige tomba. Puis vinrent quelques violentes tempêtes, qui entassèrent la neige en dures congères arrondies, et furent suivies d'une longue période de températures très basses durant laquelle la glace de mer s'épaissit et le lac gela presque à fond.

À cette époque de l'année, il faisait meilleur à l'intérieur. Ninioq avait rendu la grotte aussi confortable que possible. La large couche était construite en bois flotté et en pierres, sur lesquels elle avait entassé toutes les peaux qu'elle avait ramenées du camp. Elle avait installé le support à marmites au-dessus de la lampe d'Ivnale qui faisait presque cinquante centimètres de long et diffusait beaucoup de chaleur et une bonne lumière.

Sous la couche, elle avait rangé la caisse à outils, la graisse et la bassine à urine ainsi que les marmites et les lampes de réserve. Il y avait aussi des peaux de phoque enroulées, des poches d'ustensiles de couture, des kamiks et des fourrures d'hiver. De plus, elle gardait sous le pied de la couche, tout près de la paroi, un grand récipient de viande dégelée.

Pour fermer l'entrée de la grotte, elle avait fabriqué avec du bois flotté et des courroies un bâti incliné, et elle utilisait comme porte un petit morceau de peau de phoque barbu fixée sur un cadre en bois. Elle avait colmaté le bâti avec de petits cailloux et de l'herbe, et la porte pouvait être arrimée grâce à une lanière fixée dans une faille du rocher. La nuit, en plus, elle suspendait une peau de bœuf musqué devant la porte pour conserver la chaleur à l'intérieur quand la plupart des mèches de la lampe étaient éteintes.

Il faisait doux et agréable dans la grotte mais le temps passait lentement. Manik avait la nostalgie de ses camarades de jeu de la maison collective, du bruit des voix et des récits des adultes.

Ninioq faisait de son mieux pour le divertir. Elle continuait à inventer des histoires sur le merveilleux habitat qu'ils iraient visiter et lui dépeignait tous les plaisirs qu'un tel habitat avait à offrir, les fêtes, les jeux et les repas.

Le soir, lorsqu'elle attendait le sommeil, elle ne pouvait s'empêcher de comparer cet habitat qu'elle décrivait de façon si vivante avec celui dont on parlait comme l'habitat éternel sous la terre.

Najak, qui passait ses nuits à l'extérieur de la grotte, se mit un soir à piailler, à gémir et à gratter sur la peau.

— Il vaut mieux la faire entrer, dit Ninioq, je crois qu'ils sont en route maintenant.

Ils firent entrer la chienne et il ne s'écoula pas longtemps avant que la mise bas commence.

Manik, accroupi, caressait tendrement le ventre dilaté de sa chienne. Il suivit la délivrance avec la plus grande attention.

— Ça a l'air bizarre, dit-il lorsque le premier chiot fut à moitié dehors, tu crois que c'est normal ?

Ninioq saisit la tête du chiot et aida Najak.

— C'est comme ça que ça se passe, le rassura-t-elle, cela peut être un peu difficile la première fois mais sinon, ce n'est pas du tout bizarre.

Elle tendit le petit à Manik.

— Tiens, voilà ton premier chien de traîneau, dit-elle, et voici le second qui arrive.

Najak mit cinq chiots au monde. De petites créatures désarmées qui rampaient autour du ventre chaud de la femelle, aveugles, impatientes et guidées par un instinct inexplicable.

Manik ne se lassait pas de les regarder. Il les prit l'un après l'autre et les observa attentivement. Lorsqu'il eut appris à les reconnaître, il les reprit un à un et prononça clairement les noms d'Ivnale, de Katingak, de Kisag et de ses deux sœurs.

Ninioq, assise en silence sur la couche, ressentit une grande joie. Le garçon était heureux pour la première fois depuis la visite au camp et les âmes-noms des défunts avaient retrouvé une demeure. Elle regarda la chienne qui était en train de se lécher pour se nettoyer. Ainsi commençait la vie, pensa-t-elle. La vie difficile et heureuse. En premier comme en dernier, tout était sang et douleur. Elle poussa le sac de capelans vers Manik.

— Donne-lui-en quelques-uns, dit-elle, il faut que tu la nourrisses bien pour qu'elle puisse fournir du lait à tous ces petits gloutons.

Najak se mit à lécher ses chiots et ce n'est que lorsqu'ils furent tous luisants et propres, accrochés chacun à une mamelle, qu'elle but l'eau que Manik avait apportée et mangea les poissons.

Toute la nuit, la grotte, si silencieuse d'habitude, résonna de petits couinements. Manik se releva plusieurs fois sur la couche pour regarder son futur attelage.

Un matin, Najak commença à gronder. Ninioq se releva rapidement et ouvrit la porte. Il faisait noir et elle ne pouvait que deviner les contours des rochers plats du côté de la plage. Elle sortit à demi de la grotte et prêta l'oreille. Najak se tenait derrière elle, tremblant de tout son corps. Un bruit de pierres renversées lui parvint et Ninioq sut immédiatement qui était l'invité. Seul un ours avait la force de renverser les pierres empilées devant la grotte à viande.

Elle rampa vers la couche et secoua Manik qui dormait.

— Manik, chuchota-t-elle, réveille-toi.

Le garçon, tout ensommeillé, se redressa. Il se frotta les yeux et, sans les ouvrir, marmonna :

— Pourquoi ?

— Il y a un ours près de la grotte à viande, dit-elle à voix basse. Il faut faire en sorte qu'il n'entre pas ici. Noue une lanière autour du museau de Najak pour qu'elle n'aboie pas.

Instantanément, Manik fut tout à fait réveillé. Il enfila rapidement son anorak et tâtonna autour de lui à la recherche de ses armes.

— Tiens, dit-il à Ninioq, tu peux prendre le harpon à flotteur, moi je prends celui de Katingak.

Ils restèrent devant la porte ouverte jusqu'à ce que l'aube pointe. De temps à autre, ils entendaient l'ours grommeler de satisfaction dans la grotte où il se gavait des provisions d'hiver.

— Si nous ne faisons rien, il va dévorer toute notre viande, dit Ninioq.

Elle regardait la grotte avec désespoir.

Manik hocha la tête. Il bouillonnait de rage et l'instinct atavique du chasseur faisait trembler d'excitation son petit corps.

— Le feu, dit-il. Tu as dit une fois que les animaux avaient peur du feu.

— Nous n'avons que la lampe, répondit Ninioq, ça n'effrayerait même pas un moineau des neiges.

Manik se retourna et regarda vers la couche.

— Prends les tiges sèches que tu as mises sous les peaux, proposa-t-il. Tu ne crois pas que ça suffirait ?

Ninioq sourit.

— Nous pouvons essayer, dit-elle, en tout cas ça empêchera l'ours d'entrer ici.

Ils dépouillèrent la couche et entassèrent les brindilles devant la grotte. Puis Ninioq y mit le feu à l'aide d'un bout de mousse séchée et très vite le tas se mit à flamber à grosses flammes.

La fumée flottait vers la plage et vint taquiner le museau de l'ours. Il sortit la tête de la grotte et flaira avidement autour de lui en balançant son long cou. Quand il vit le feu qui brûlait, il hurla une menace et s'assit sur son derrière pour étudier ce phénomène inconnu.

Manik saisit le petit arc qui servait normalement pour la chasse aux oiseaux. Il y mit une flèche et tendit la corde. Puis il tira au-dessus du feu et la flèche vola vers l'ours et se planta près du cou, sans toutefois lui faire le moindre mal. Une autre flèche vola et cette fois elle le toucha sous l'œil droit, ce qui fit bondir l'ours furieux vers son ennemi supposé, le feu. Mais, arrivé assez près pour sentir la chaleur, il s'arrêta. En grognant, il lança la patte vers la fumée ondoyante et se recroquevilla, prêt à attaquer. Alors Ninioq plongea sa main dans les flammes. Et elle se releva en criant furieusement et en jetant des brindilles enflammées vers l'ours. Manik bondit lui aussi sur ses pieds et jeta de toutes ses forces le harpon vers la bête.

L'ours hurla sauvagement sous la surprise. Les brindilles enflammées avaient touché sa tête et il sentait une brûlure terrible sur le museau et les yeux. Dans sa rage aveugle, il essaya de saisir les bouts incandescents et se brûla sérieusement la patte. Le harpon de Manik le toucha au ventre. Son tir n'avait pas suffisamment de puissance pour que le coup soit mortel mais la pointe resta plantée à une certaine profondeur et la blessure se mit à saigner abondamment quand l'ours en arracha l'arme. Ninioq lança encore une poignée de brindilles et cette dernière pluie de feu le fit fuir. Il partit de son galop gauche et dandinant, franchit la barrière de glace et continua à courir jusqu'à ce qu'ils le perdent de vue.

Manik éclata de rire. Jamais il n'avait vu quelque chose d'aussi comique que cet ours. Il rit à en avoir les larmes aux yeux et fut pris d'une telle quinte de toux que Ninioq dut lui taper dans le dos avec ses mains brûlées.

L'ours s'était largement servi, constatèrent-ils. Il avait dévoré la quasi-totalité d'une roue d'*angmagssat*, avalé quatre côtes de phoque séché et la moitié d'un sac de graisse. Ils ramassèrent la viande qu'il avait dispersée dans la neige et rempilèrent les pierres devant l'entrée. Ninioq décida qu'à l'avenir ils garderaient toute la viande séchée dans la grotte d'habitation puisqu'il n'était pas impossible que d'autres invités indésirables se présentent.

Quand Ninioq eut enduit ses mains de graisse de lampe afin d'éviter la formation d'ampoules purulentes, elle fit cuire quatre pattes de phoque pour fêter l'heureuse issue du combat. Elle savait que les pattes de phoque étaient un des plats préférés du garçon et lui dit :

— Ton grand-père était un grand gourmand. Lui non plus ne connaissait rien de meilleur que les pattes de phoque. Il pouvait en manger douze, boire toute l'eau de cuisson et ressentir encore une petite faim.

Elle tendit son doigt vers lui :

— On dirait presque que tu tiens de lui. On a entendu à ton rire, quand l'ours s'est enfui, qu'Attungak et toi, vous êtes bien pareils. Ce n'est pas pour rien que ton père t'a donné le nom d'Attungak à la naissance et celui de Manik comme nom distinctif. Lorsque nous reviendrons auprès des hommes, on souhaite que tu utilises ton nom de naissance.

— J'aimerais bien m'appeler Attungak tout de suite, dit le garçon. C'est comme si Manik n'allait plus très bien, maintenant qu'on est devenu pourvoyeur.

Il rougit un peu de l'immodestie de ses propres paroles et jeta un coup d'œil vers Ninioq par-dessus la marmite.

Mais Ninioq demeura intraitable. Ici, dans la grotte, il était et il resterait Manik. Ce n'est que lorsqu'ils iraient dans cet habitat tant décrit qu'il deviendrait Attungak. Et quand les pattes de phoque furent chaudes et que la soupe bouillonna de ronds de graisse, il renonça à la convaincre et se jeta avec un appétit dévorant sur les délices fumants.

10

Le jour avait à présent presque tout à fait disparu. Seule une faible lumière s'élevait au-dessus de la mer et signalait que la nuit prenait fin. C'était une lumière qui faisait monter beaucoup de sentiments doux en Ninioq, car elle annonçait autrefois les joyeux voyages de visite aux habitats proches, les repas et les fêtes avec les hommes.

Le monde qui environnait la vieille femme et l'enfant dans la grotte était figé, seules les ombres de la lumière de la lune et du reflet des étoiles changeaient. Dans la nature, les bruits s'étaient tus, un peu comme si tout retenait son souffle et attendait quelque chose.

Pour Manik commençait une période difficile. Il était retenu dans la grotte ou les alentours très proches parce que Ninioq n'osait pas le laisser vaguer seul dans l'obscurité. À de rares occasions, elle l'accompagnait faire un tour dans l'île, mais elle préférait rester dans la grotte et le garder auprès d'elle. C'était trop dangereux de le laisser circuler dehors tout seul. Une brusque tempête pouvait se lever, lui faisant perdre sa route dans les tourbillons de neige, ou bien un ours sans abri hivernal pouvait passer par l'île sur son chemin vers le sud et flairer sa piste.

Elle-même était souvent fatiguée et découragée. C'était comme si la viande séchée avait perdu sa force et elle ressentait une envie irrésistible de viande fraîche et d'intestins. Il lui arrivait de rester assise sur la couche à rêver à ces délicieuses plantes et baies qu'elle avait coutume de cueillir pour l'hiver. Aux pissenlits et aux camarines, aux myrtilles à feuilles vertes et à la bonne renouée. Rien qu'un peu de trèfle ou de fucus lui aurait fait du bien.

Avec l'obscurité vint la mélancolie. Certains jours, Manik ne trouvait plus aucune joie auprès de ses chiots. Alors il restait assis sur la couche, les yeux fixés dans le vide ou sur les petites flammes jaunes de la lampe, sans initiative aucune. Il n'écoutait que distraitement quand Ninioq lui racontait des événements de sa vie et ne posait que rarement des questions. Il avait la nostalgie du printemps, de la lumière, du voyage qu'ils allaient faire.

Ninioq s'inquiétait du manque de graisse de lampe. Il leur en restait encore deux sacs, mais c'était loin d'être suffisant pour finir l'hiver. Elle ne pensait pas non plus qu'il en restait au camp, celui-ci ayant sans doute été abondamment visité depuis qu'ils l'avaient quitté. Il devait maintenant être désert et pillé. Vidé de tout ce qui était comestible par les chiens qui, rendus fous par la faim, avaient dû quitter l'île dès que la glace avait suffisamment pris. Les chiens, ainsi que les renards et les cormorans, auraient à présent dévoré courroies et peaux, graisse, vêtements et cadavres. Le camp était sans aucun doute une vision effrayante avec ses tentes et ses étendoirs renversés par le vent, ses fosses à viande éventrées, ses kayaks déchiquetés et ses corps humains à moitié dévorés. Une vision que ni elle ni le garçon ne devaient voir.

L'inquiétude, qui l'avait tourmentée au cours de l'été, avait complètement disparu. Ninioq avait un pressentiment encore un peu vague de ce que l'avenir leur réservait. Mais le pire était arrivé, l'inquiétude n'avait plus lieu d'être. Et à mesure qu'ils pénétraient plus profondément dans l'hiver, la nostalgie d'autres hommes et de compagnie s'amenuisait et elle ressentait surtout en elle le profond désir d'avoir le droit d'être vieille et fatiguée.

Il lui arrivait souvent de penser que le garçon et elle étaient les derniers êtres humains sur terre, une pensée qu'elle repoussait avec effroi. Dans ces moments-là, elle tendait parfois la main au-dessus de la lampe pour toucher Manik. Alors lui revenait l'indéracinable envie de vivre, de rester auprès de son petit-fils. Il ne fallait pas qu'il fût le dernier.

Avec désespoir, elle se l'imaginait resté seul. Même s'il avait eu le temps, avant qu'elle meure, de devenir suffisamment adulte pour pouvoir se débrouiller grâce à la chasse, le vide serait effrayant. Bien qu'il eût été habitué à une grande solitude, il n'avait jamais été seul. Maintenant il pouvait lui faire part de ses réflexions, poser des questions et recevoir des réponses. Ensemble, ils faisaient des choses, ils partageaient les événements de chaque jour. Une fois qu'elle ne serait plus là, il serait seul. Seul.

Elle sentait que, malgré sa jeunesse, lui aussi était préoccupé par des pensées similaires. Bien des fois il lui demandait quand ils allaient partir pour le joyeux habitat dont elle parlait si souvent, et elle répondait, en éludant, que tout d'abord il lui fallait devenir un habile chasseur ou que les chiens étaient encore trop petits pour tirer un traîneau.

Ses réponses ne le satisfaisaient pas. Il était impatient et avait envie de changement.

D'autres jours, il lui arrivait de s'asseoir à côté d'elle sur la couche et de poser la tête sur ses genoux. Puis il pleurait, simplement parce qu'il avait peur et qu'il était inquiet. Quand il cessait de pleurer, il enfonçait avec violence sa tête dans son ventre et criait, encore et encore, qu'elle devait rester auprès de lui et ne pas mourir comme les autres.

Les sombres pensées quittaient rarement Ninioq. Les jours étaient longs et inactifs et le temps alimentait sa tristesse.

Un jour elle parla à Manik du pèlerin des mers, ce grand requin qui nage en eaux profondes. Et elle eut l'idée qu'ils devaient essayer d'en attraper un. Manik revécut à cette pensée. Selon les instructions de Ninioq, il fit tremper de la viande de phoque dans l'eau et attacha une lourde pierre à sa ligne de harpon, sur laquelle ils enfilèrent des morceaux de vieille graisse.

Puis ils descendirent sur la mer gelée et cassèrent un grand trou dans la glace. Ils posèrent au bord la viande de phoque dégelée et laissèrent goutter dans le trou de l'eau et du sang. Puis ils immergèrent la ligne avec la graisse et la pierre, la fixèrent à un glaçon flottant et commencèrent à courir autour du trou en tapant des pieds et en criant pour attirer le pèlerin à la surface.

Il se passa longtemps avant qu'il n'apparaisse. Mais Ninioq voyait aux mouvements de l'eau qu'il était là. Elle cria au garçon de se tenir prêt et Manik prit son harpon et se posta tout près du trou.

Le requin se trouvait juste sous la glace et cherchait la graisse que Ninioq avait hissée presque à la surface de l'eau. Il s'approcha lentement, rendu indolent par la grande différence de pression et, sans manifester la moindre réaction, se laissa harponner par Manik. Manik enfonça de toutes ses forces le harpon dans sa tête et le fit pénétrer à travers la peau coriace en pressant de tout le poids de son corps.

— Je l'ai eu, cria-t-il avec enthousiasme, regarde, Ninioq, tu crois qu'il est mort ?

Ninioq secoua la tête.

— Non, il vit. Mais c'est l'habitude du pèlerin de rester immobile à la surface quand un chasseur désire l'attraper. Maintenant, il s'agit d'arriver à le remonter.

Elle s'agenouilla au bord du trou et découpa avec son *ulo* deux entailles dans la peau dure, à travers lesquelles elle enfila une courroie de peau dont elle avait fixé un bout à un piton découpé dans la glace.

Cela leur prit plusieurs heures de haler la bête à la surface. Ils mirent le harnais à Najak et la firent tirer elle aussi. Et enfin le requin se retrouva sur la glace, long comme un bateau de femmes, avec une peau grisnoir, aussi irrégulière et rêche que du granit. Il ouvrait et refermait mollement sa grande bouche et ses petites nageoires remuaient doucement. Il donna quelques terribles coups de queue quand Ninioq et Manik, en unissant leurs forces, lui plantèrent le harpon dans la tête.

Ninioq haletait sous l'effort. Elle repoussa la mèche de cheveux de son front et cria par vieille habitude : « *Ija, iija*, un poisson a été attrapé, *iija*, un grand poisson s'est laissé attraper ! », une conjuration qu'elle savait être utile envers les gros poissons. Elle le découpa rapidement et, après avoir mis le foie de côté, rejeta à la mer la tête et les viscères.

Ils découpèrent la viande en longues lamelles qu'ils transportèrent jusqu'au dépôt à viande afin de l'y faire sécher. La chair de requin fraîche était dangereuse pour les hommes comme pour les animaux, dit Ninioq, mais si on la faisait d'abord sécher et congeler, ou qu'on la faisait cuire dans trois eaux de cuisson, elle devenait à la fois comestible et nourrissante.

Le grand foie, qu'ils pouvaient à peine porter à eux deux, ils l'emmenèrent dans la grotte. Il fut découpé et mis dans les sacs à graisse vides. Le foie du requin, expliqua Ninioq, contenait tant de graisse qu'avec ce foie-là, ils auraient de la chaleur et de la lumière pour longtemps. Par ailleurs, il était utile d'en consommer un peu, mais en toutes petites quantités.

Vers le matin, alors qu'ils étaient couchés, Ninioq se réveilla en entendant le garçon chuchoter son nom.

— Oui, répondit-elle, tu ne dors pas ?

— Ninioq, murmura-t-il, maintenant que j'ai appris à chasser le phoque et le requin, tu ne crois pas que je suis presque assez habile pour partir pour cet habitat, tu sais ?

— Oui, tu vas l'être très bientôt, répondit-elle, tu es habile à beaucoup de choses, plus habile que la plupart des garçons de ton âge. Mais il y a certainement encore quelques petites choses que tu dois apprendre si nous devons vivre parmi des gens aussi exceptionnels.

Manik remonta les peaux au-dessus de son nez et murmura dans l'obscurité :

— Je sais aussi retourner un kayak et effrayer des ours.

Ninioq tendit la main par-dessus sa tête et rectifia les mèches de la lampe.

— Dès qu'il y aura suffisamment de jour, nous irons chercher du bois flotté pour faire un traîneau, dit-elle. Dors, maintenant.

Elle se rallongea et ferma les yeux. Tout son corps lui faisait mal après le dur travail avec le requin. La journée avait été bonne. Ils avaient pêché, ils avaient été occupés, et tout avait été un bonheur. Elle avait gagné bien des jours de survie pour le garçon et pour elle-même. Mais à quoi bon ?

À l'extérieur de la grotte, terres et mer étaient baignées sous la lumière de la lune. Des brouillards de givre s'élevaient des brèches à l'embouchure du fjord tels de gris fantômes dansants. Lourdes et plombées, la terre et l'immense banquise se dressaient à l'est, à l'horizon.

Lentement, presque imperceptiblement, l'obscurité s'était insinuée, aussi silencieuse que les rayons du soleil, elle avait glissé au-dessus des montagnes et, telle une immense ombre, s'était couchée sur le pays des hommes. À présent le monde dormait de son profond sommeil d'hiver.

Au-dessus, comme un baldaquin scintillant, s'étendait la voûte céleste, plus froide, plus désolée encore que le paysage figé malgré ses étoiles claires et sa lune blanc-jaune.

La nuit arctique. La nuit bleue où les champs de neige, les vallées au tracé tendre, les ombres découpées des montagnes, le toit infini du ciel et l'immense désert de glace de la mer deviennent une promesse de liberté. En cette nuit s'offrent le droit de vivre et celui de mourir.

Dans la large ombre portée de la terre ferme, le long de la barrière des glaces, cinq loups gris-blanc trottaient. Ils venaient du camp abandonné où ils avaient tué et dévoré les chiens qui y avaient élu demeure. En une longue courbe, ils contournèrent le promontoire de rocher qui tombait à pic dans la mer glacée. Ils flairèrent avidement l'air, coururent un peu d'avant en arrière, comme s'ils cherchaient une piste, puis trottèrent, guidés par un instinct infaillible, vers l'île de Neqe.

11

Ninioq tendit le pic à glace à Manik et le laissa continuer à découper des morceaux dans l'iceberg. Elle s'agenouilla à côté du baquet à eau et cassa les morceaux découpés avec un petit marteau en pierre. Le baquet était à moitié rempli, ce qui représentait à peine un jour d'autonomie.

On était à la mi-journée et une lumière grise, brumeuse et pâle, reposait au-dessus de la mer. Les montagnes au sud de la grande île de Kerkertak se profilaient à l'horizon comme un animal géant en train de s'éloigner et autour de leur silhouette noire se dessinaient de longues traînées roses et vertes. Quelques nuages pareils à des plumes remontaient lentement sur le ciel, laissant derrière eux des voiles orange et argentés.

Ninioq redressa le dos et appuya ses mains sur ses reins douloureux. Elle regarda vers la terre ferme dont la côte s'effaçait dans un mur d'obscurité lointain et flottant. Mais elle connaissait si bien cette côte que même si ses yeux ne la distinguaient pas, elle avait dans sa tête une vision claire du haut promontoire, des montagnes dentelées et de la banquise. Elle voyait ce que ses yeux ne voyaient pas, et elle perçut les cinq ombres grises avant même que ses yeux ne les découvrent. Elle se leva et s'efforça de percer la pénombre. Puis elle saisit le garçon par l'épaule et cria :

— Cours, Manik, il y a des loups !

Elle le prit par la main et l'entraîna avec elle.

Manik regarda par-dessus son épaule. Les loups étaient invisibles. Ils s'étaient couchés, le ventre collé à la glace, pour observer les fuyards. Au moment même où Ninioq et Manik atteignirent la plage, ils se mirent à leur poursuite.

— Sous le bateau de femmes, haleta Ninioq à bout de souffle, sinon ils vont prendre Najak et les chiots.

Ils se glissèrent par le trou dans la congère de neige qui menait sous le bateau, où Manik avait installé un abri spacieux et calfeutré pour ses chiens.

— Enfonce le pic à glace dans le trou, dit Ninioq. Utilise-le comme un harpon pour les empêcher de passer par là. Et donne-moi ton couteau pour que je surveille s'ils se mettent à gratter sous les bords.

Pendant longtemps, les loups rôdèrent autour du bateau recouvert de neige. Ils flairèrent le trou, par lequel émanait une odeur d'homme et de chien, et creusèrent un peu ici et là, sans tenter sérieusement de passer au travers de la neige. Ils n'attaquèrent pas. Ils avaient le temps, ils savaient bien que les fuyards étaient coincés.

Ninioq se tenait à genoux. Tant qu'elle entendit les loups creuser, son regard ne cessa de faire le tour du bordage. Mais elle se rendit vite compte qu'ils ne cherchaient pas à pénétrer. Pas encore. Elle connaissait bien les loups qui, dans sa jeunesse, avaient été nombreux. C'était l'époque où il y avait encore des rennes. Maintenant, ils étaient devenus rares, car le loup suivait le renne, vivait pratiquement avec lui. Il y avait entre ces deux animaux une relation singulière, elle le savait. Elle avait vu de ses propres yeux deux loups gras et repus circuler au milieu d'un troupeau de rennes sans leur faire le moindre mal. Et les rennes ne semblaient pas les craindre du tout. Les loups n'étaient dangereux que lorsqu'ils hurlaient, lorsqu'ils avaient faim. Alors ils attaquaient tout ce qu'ils rencontraient, mais l'homme, cependant, avec réticence. Elle savait aussi qu'ils attaquaient toujours par-derrière. Ils mordaient les rennes par-derrière et, quand leur proie se retournait, ils lui bondissaient à la gorge. Il était impossible même pour un renne adulte de se défendre. Nul n'est capable de se défaire d'un grand loup qui s'est accroché à sa gorge. Elle écoutait les crissements de leurs pattes sur la neige. Elle avait vu qu'il y avait cinq loups. Un loup tout seul n'était pas dangereux, même s'il avait faim, mais cinq pouvaient aisément signifier la mort.

Les loups s'assirent de manière à pouvoir voir dans le court tunnel qui menait sous le bateau. Heure après heure, ils restèrent là à attendre. Ils regardaient le trou, le regard vide et fixe, et on aurait pu croire qu'ils dormaient. De temps à autre, ils hurlaient de façon sinistre. Et Ninioq sut qu'ils avaient faim car les loups ne hurlent que lorsqu'ils ont faim.

Quand la nuit fut très avancée, ils attaquèrent. Manik somnolait à moitié avec le pic à glace enfoncé un peu dans le trou et Ninioq, appuyée contre le bordage, regardait fixement devant elle, perdue dans ses pensées.

Najak les entendit approcher. Un léger crissement de larges pattes, puis un faible bruit d'éboulis de neige lorsque le premier loup se glissa dans le trou. Avec un aboiement furieux, elle abandonna ses chiots et se lança dans le tunnel. Manik se réveilla en sursaut. Il entendit les vociférations de Najak et, presque simultanément, un grognement furieux et un horrible râle. Puis il entendit le bruit d'un corps traîné à travers le tunnel jusqu'à la surface.

— Najak ! cria-t-il avec désespoir, Najak !

Il grimpa un peu dans le trou mais Ninioq le rattrapa immédiatement.

— Tu ne peux pas l'aider, dit-elle à voix basse.

Elle posa un bras sur son épaule et le serra contre elle.

— Pense plutôt aux chiots.

Ils écoutèrent la violente bagarre qui éclata quand les loups se partagèrent le corps de Najak. Manik serrait furieusement son pic à glace, ses poings étaient blancs et son regard, fixé sur le tunnel, plein de haine.

— Najak est morte, dit Ninioq. Il s'agit maintenant de protéger les chiots.

Manik hocha la tête. Ses lèvres étaient serrées et son petit corps tendu comme un ressort.

Il leur sembla qu'il se passa une éternité avant que les loups ne reviennent à la charge. Ils s'assoupissaient à tour de rôle mais étaient trop nerveux pour se reposer vraiment. Lorsque enfin les loups attaquèrent, ils étaient tout à fait réveillés.

Ninioq entendit qu'ils recommençaient à creuser. Cette fois, ils creusaient des deux côtés pour essayer de se glisser sous le bateau. Elle s'accroupit, dos à la proue, et surveilla le bordage qui dessinait un ovale noir presque imperceptible sur le sol de neige.

Manik se retira un peu du trou. Dehors il y avait de nouveau une lumière de mi-journée et il vit le cercle plus clair s'obscurcir en partie lorsque le loup s'y enfonça.

Avec une lenteur infinie, le loup rampa à travers le tunnel et son odeur frappa les narines de Manik avant qu'il ne le voie. Lorsqu'il sentit qu'il avait tout le corps engagé dans le trou, il bondit et le frappa avec le pic. Le loup hurla de douleur et de surprise. Il tenta de ressortir à reculons mais ne parvint pas à s'éloigner suffisamment avant que Manik frappe de nouveau. Cette fois le pic se planta au milieu de sa gorge et, quand Manik sentit la résistance des muscles du cou, il fit pression sur le manche de tout le poids de son corps, en prenant appui du pied contre le bordage. Le pic traversa la gorge du loup et s'enfonça dans la paroi de neige. Le loup se mit à en mordre furieusement le manche. Il essaya de se retourner mais, le tunnel étant trop étroit, il tenta alors de descendre vers son agresseur. Mais le pic le retenait. Manik ressentit une joie sauvage en sentant l'odeur du sang.

— Il va mourir, cria-t-il, le sang gicle jusqu'ici !

Ninioq ne répondit pas. Elle fixait un coin de peau du bateau qu'un des loups grattait de ses griffes. Mais, pour une raison ou une autre, il renonça à déchiqueter l'épaisse peau de phoque barbu et se remit à creuser au-dessous. Soudain, il avait passé au travers. Elle vit dépasser une large patte d'un blanc sale, aux griffes courbées et usées, et elle tendit le bras et la saisit d'une main. Le loup essaya de retirer sa patte. Il grognait méchamment et pressait son museau dans le petit trou pour essayer de mordre la main qui le retenait prisonnier. Mais Ninioq tenait bon. Lorsqu'il avança davantage la patte sous le bordage, elle trancha d'un geste rapide à travers chair et nerfs, tout en tordant l'os vers le haut. Cela fit un petit craquement quand l'os se brisa et le loup vagit de douleur.

Manik pendant ce temps tirait sur le pic. Le loup ne bougeait plus. Il regarda par le trou l'ombre grise et douce.

— Je crois qu'il est mort, annonça-t-il triomphalement.

— Laisse-le là où il est, souffla Ninioq avec excitation. Comme ça, il barre l'entrée.

Elle pointa son couteau vers la proue :

— Attention par là ! cria-t-elle.

Un autre loup avait réussi à se glisser sous le bordage. Ninioq le laissa creuser jusqu'à ce que ses pattes et sa tête soient à l'intérieur. Elle se tenait blottie contre le bord incurvé du bateau, le couteau levé. Le loup grondait rageusement vers Manik qui le regardait, terrifié. Ce n'est que lorsqu'il commença à faire pénétrer son corps que Ninioq frappa. Elle lui enfonça le couteau derrière l'oreille et le loup s'effondra sans un son. Avec l'aide de Manik, elle le tira à l'intérieur pour attirer les autres par la même voie.

Mais les deux survivants allaient et venaient à l'extérieur, désorientés. Ils tuèrent le loup à trois pattes et dévorèrent tout ce qu'ils purent de sa chair chaude.

L'un d'eux fut assez imprudent pour glisser la tête par l'orifice dégagé par son comparse mais se retira en hurlant quand le pic à glace de Manik le frappa sur l'œil. Il bascula dans la neige, aveuglé par son propre sang, et fila vers la mer et les terres, loin de Neqe.

Le dernier loup se coucha sur le bateau, juste au-dessus du tunnel d'entrée, et attendit.

Ninioq et Manik restèrent longtemps, l'oreille aux aguets. Ils avaient entendu les gémissements du loup blessé devenir de plus en plus faibles et pensaient que les deux survivants avaient quitté l'île. Ninioq tira le loup mort hors de l'entrée et sortit. Elle n'eut même pas le temps de voir son agresseur. Le loup bondit sur son dos et la renversa. Il s'accrocha à sa nuque et lacéra ses cuisses des griffes de ses pattes arrière. Manik, qui l'avait suivie, vit la neige rougir sous eux et se mit à crier hystériquement. Il lâcha son pic à glace et se jeta sur le dos du loup. Ses mains arrachaient de grandes touffes de l'épais pelage graisseux et il criait comme un fou.

Ninioq parvint à se tourner un peu sur le côté. Pas un son ne sortait de ses lèvres. Dans ses yeux grands ouverts se lisait une expression de sauvagerie et d'envie de meurtre. Elle protégeait d'une main le côté de son cou et, de l'autre, frappait en arrière avec le couteau. Elle atteignit le loup juste au-dessus des parties sexuelles et maintint le couteau profondément enfoncé dans la plaie. Puis, lentement, elle remonta le bras vers son aisselle. C'était comme si les douleurs de la morsure dans la nuque lui donnaient des forces. Très lentement, elle déchira le ventre du loup et ses intestins se déversèrent en fumant sur son dos et sur la neige. Du museau noir du loup s'écoulait une mousse de bave blanche. Il serra les crocs sur les muscles du cou de Ninioq et son grand corps se mit à trembler comme s'il avait froid.

Lorsqu'il expira, ses mâchoires étaient bloquées sur la nuque de Ninioq. Elle dit à Manik de couper les nerfs de la mâchoire inférieure et retira en gémissant les longs crocs de la blessure. Elle avait perdu beaucoup de sang et dut s'appuyer sur le garçon pour remonter à la grotte. La violente sauvagerie qui avait allumé son regard avait disparu. Lorsqu'elle s'allongea sur la couche, elle avait le regard calme d'une vieille femme fatiguée.

Manik, suivant ses instructions, enduisit de graisse sa blessure et posa des attelles de bois sur son cou pour soutenir les nerfs coupés. Il lava Ninioq puis se lava lui-même avec l'urine contenue dans la bassine sous la couche et remonta les peaux sur elle.

La blessure avait rendu Ninioq chaude et somnolente.

— Cinq loups, chuchota-t-elle, même Attungak n'aurait pas pu se défendre mieux. Peut-être sommes-nous maintenant devenus de grands chasseurs, Manik.

Ninioq resta longtemps éveillée. Ses douleurs dans la nuque étaient fortes et ses pensées ne cessaient de tourner.

Soudain elle comprenait beaucoup de choses, car elle avait appris à connaître une part inconnue d'elle-même. La sauvagerie, la soif de sang et la fureur. Les loups avaient été impitoyables. Comme elle-même. Comme les hommes partout dans le monde et comme les esprits du grand bateau. La vie était combat et mort, cruauté et angoisse, mélangés à une joie tout à fait inexplicable, la joie du simple fait de vivre.

Il lui semblait que les meurtriers blancs, qui lui avaient pris toute sa famille, n'étaient point différents. Peut-être n'étaient-ce pas du tout des esprits, malgré leur maîtrise de savoirs inconnus des hommes. Peut-être étaient-ce des hommes de la même chair et du même sang qu'eux-mêmes. Mais venus d'un autre monde, un monde qu'elle ne connaissait pas.

Elle poursuivit pendant longtemps ce cours de pensées et s'en sentit revigorée. Et lorsque enfin elle s'endormit, elle avait la certitude que les gens du camp avaient été tués par d'autres hommes et qu'ils avaient donc subi une mort tout à fait naturelle.

12

Une tempête avait ouvert une brèche dans la glace au pied de l'iceberg échoué qui les fournissait en eau. Du trou noir et béant s'échappait un fin brouillard transparent qui dansait au ras de la barrière de glace avec les délicates couleurs de l'arc-en-ciel.

Manik aperçut la brèche en partant chercher de la viande.

— Il y a de l'eau libre, là-bas, cria-t-il à Ninioq, est-ce que je peux aller y pêcher le cabillaud ?

Ninioq se souleva sur la couche. Sa blessure s'était refermée mais les muscles étaient raides et elle ne pouvait ni hocher ni tourner la tête. Elle se leva, passa la moitié du corps par le trou et regarda du côté de l'iceberg.

— Je peux, Ninioq ?

Sa voix était enthousiaste, un peu excitée par la perspective d'un changement dans leur existence routinière.

— Vas-y, répondit-elle. La viande peut attendre, on verra si tu attrapes quelque chose.

Manik s'habilla chaudement. Il prit le harpon et la ligne avec le leurre. À la porte, il se retourna et sourit à Ninioq :

— Il vaut sans doute mieux faire bouillir de l'eau car aujourd'hui nous allons avoir autre chose à manger que de la viande séchée.

Une fois le garçon parti, Ninioq raccourcit la mèche de la lampe et se rallongea sur la couche. Elle ferma les yeux pour exclure la grotte et mieux contrôler ses pensées.

Elle était fatiguée. Si fatiguée que la vie elle-même ne lui semblait plus souhaitable. Mais elle devait continuer à vivre pour le garçon. Elle n'avait pas peur de la mort. La mort viendrait comme une délivrance, un changement longtemps espéré dans cette existence à laquelle elle n'appartenait plus. Par contre, elle avait peur de la vie. Car la vie était devenue solitude, vide et crainte de ce qui pouvait arriver. Elle avait surtout peur pour le garçon. Que deviendrait-il quand elle mourrait ? Elle ne tiendrait plus très longtemps, elle le sentait, et comment abandonner cet enfant à lui-même ? Combien de temps survivrait-il et combien de choses terribles devrait-il affronter avant de la suivre ? Il ne fallait pas qu'il fût le dernier. Tout, mais pas le dernier.

Elle ouvrit les yeux et regarda le plafond. La lampe luisait, chaude et jaune, et la lumière dansait sur le granit noueux, comme l'ombre de quelque chose de vivant. Le fardeau de l'avenir pesait comme un grand animal malveillant sur Ninioq. Elle respira lourdement et pressa ses mains contre le bord de la couche.

Le garçon et elle étaient seuls. Ils étaient les derniers êtres humains du monde connu. Les tout derniers. Son cœur se mit à battre si fort qu'elle en entendait chaque coup. Les mots résonnaient au fond de sa tête, résonnaient de plus en plus fort jusqu'à devenir insupportables. Elle se redressa en gémissant et cacha son visage dans ses paumes ouvertes.

Ninioq ne réalisa qu'elle pleurait que lorsque les larmes commencèrent à couler entre ses doigts. Elle se sentit soulagée de pouvoir encore pleurer. Depuis le combat avec les loups, elle avait senti comment tout se bloquait en elle, comment ses sentiments gelaient en un nœud impossible à dénouer au fond de son corps. Les larmes étaient une libération. Tant qu'elle pleurait, l'écho des mots était loin, il n'y avait que ces larmes comme la caresse légère et consolante d'une main sur sa tête. Elle se pencha en avant, posa son front sur ses genoux remontés et se laissa aller aux sanglots.

Après les larmes vint une clairvoyance qui lui avait longtemps fait défaut et qu'elle avait tant souhaitée. Elle comprit ce qu'elle n'avait pas voulu comprendre avant, ce qu'elle avait constamment éludé et repoussé. Elle sentit en elle la force et la détermination qui l'aideraient à faire ce qui était nécessaire.

Ninioq sortit la bassine à urine et se mit à se laver les cheveux et le corps. Elle le fit avec soin et, une fois qu'elle eut terminé, elle se sécha avec deux peaux de lièvre, remit son vêtement d'intérieur et noua ses cheveux sur le haut du crâne. Manik s'était à présent absenté longtemps et pouvait revenir d'un moment à l'autre. Elle fit descendre la marmite au-dessus du feu afin de ne pas le décevoir s'il ramenait vraiment des cabillauds.

Alors qu'elle était en train de verser de l'eau dans la marmite, un faible cri lui parvint. Un cri indistinct, dont elle ne pouvait savoir s'il provenait d'un animal ou de Manik.

Elle ouvrit la porte et sortit la tête.

— Manik ? cria-t-elle, c'est toi ?

Sa voix venait de la glace.

— Ninioq ! Ninioq !

Elle était très faible et semblait apeurée. Elle se dépêcha de sortir et de courir vers la mer.

— Il est tombé dans le trou, murmura-t-elle, oh non, pas comme ça, pas comme ça.

Elle franchit la barrière de glace qui reliait terre et mer et courut vers la brèche noire. Il ne faut pas qu'il meure comme ça, pensait-elle, il ne faut pas qu'il ait peur, qu'il souffre.

Manik était dans l'eau. Il n'avait que la tête et le bras dehors. Ses doigts serraient le harpon qu'il avait réussi à poser en travers du trou et Ninioq se jeta sur le ventre et réussit à saisir son poignet.

— Voilà, dit-elle, le plus calmement possible, maintenant plus rien ne peut t'arriver. Essaie d'aider un peu quand je vais tirer.

Mais le garçon était roide et insensible. Ses yeux étaient écarquillés et sa bouche ouverte, comme s'il voulait crier.

La vue de son visage d'enfant effrayé décupla les forces de Ninioq. Elle tira jusqu'à ce qu'elle réussisse à attraper son collier à amulettes sous l'anorak et, alors seulement, elle lâcha son poignet. Elle lui pencha la tête au-dessus de la glace puis tira son corps à petits coups, par-dessus le bord coupant. Le garçon était à moitié mort de peur et d'épuisement. Une fois allongé sur la glace, il la regarda sans rien dire, sans même essayer de parler.

Ninioq retira son collier à amulettes et le plaça sous son aisselle. Puis elle le traîna sur la neige jusqu'à la grotte. Là, elle lui retira ses vêtements raides de gel, le déposa nu sur la couche et commença à frotter son petit corps bleui de froid.

Très lentement, l'expression d'angoisse quitta son visage. Il gardait les yeux fixés sur Ninioq et soudain, il chuchota :

— Il faisait si noir là-dedans, si noir…

Ninioq le fit taire.

— Il faut dormir maintenant, dit-elle, n'y pense plus.

Elle trempa ses doigts dans la graisse de la lampe et se mit à lui masser la poitrine. Quand sa peau devint chaude et vivante, elle continua sur son ventre et ses cuisses. Ce n'est que lorsqu'il fut si chaud que la sueur commençait à perler qu'elle le recouvrit d'une peau.

Il la regarda l'air ensommeillé.

— Couche-toi à côté de moi, Ninioq, lui demanda-t-il, et elle s'allongea et remonta les peaux au-dessus de leurs têtes, comme ils l'avaient toujours fait. Et là, dans l'obscurité, elle lui parla en chuchotant du voyage qu'ils allaient bientôt entreprendre pour rejoindre le merveilleux habitat où vivaient tant de personnes que vingt maisons collectives ne leur suffisaient pas. C'était là une quantité inimaginable, pour elle comme pour Manik. Car vingt, c'était comme les doigts des mains et des pieds d'un homme, c'est-à-dire un homme entier, et il y avait plus de vingt personnes dans une seule des maisons collectives.

Manik poussa un profond soupir. Il se retourna sur le côté et se blottit contre Ninioq.

— Tant que ça ? murmura-t-il.

— Oui, et il y a beaucoup d'enfants avec qui tu pourras jouer, poursuivit Ninioq, et le soleil brille plus longtemps qu'ici sur l'île.

— Pourquoi ?

— Parce que c'est comme ça. Peut-être les hommes là-bas méritent-ils plus de soleil que nous, répondit Ninioq.

Elle continua à parler de cet heureux habitat jusqu'à ce qu'elle le sente profondément endormi. Alors elle souleva la peau et alla jusqu'à la porte de la grotte. Lorsqu'elle l'ouvrit, l'air gelé pénétra et fit monter les flammes de la lampe vers le plafond. Elle regarda cette nuit qui avait été si infiniment longue. Le ciel était clair et rempli d'étoiles et au loin, vers le sud, de hauts voiles de lumières boréales flottaient au-dessus de la glace.

Elle laissa la porte ouverte et revint à la couche. Un moment, elle resta assise à regarder la lampe. La grande lampe d'Ivnale, que Katingak avait fabriquée pour elle. Cette lampe qui les avait éclairés pendant tant d'années, éclairés et chauffés lorsque ses petits-enfants étaient nés et qui, peut-être, avait brillé dans la nuit pour montrer aux grands meurtriers où trouver leurs victimes. Elle tendit un doigt et enfonça une à une les mèches dans la graisse. À la dernière petite flamme, elle hésita un peu. Elle se tourna et regarda le visage de Manik. Il était couché sur le côté, la joue enfoncée dans la peau. Ses cheveux noirs tombaient en mèches rebelles sur son front et il respirait lentement et régulièrement. Ninioq se coucha à côté de lui. Elle ne le lâcha pas du regard pendant que sa main cherchait le bord de la lampe. Lorsque la dernière mèche s'éteignit avec un sifflement, l'obscurité se fit dans la grotte. Seule une très faible lueur filtrait de la neige dehors, si faible qu'on ne distinguait que le trou de l'entrée.

Ninioq était allongée sur le dos. Elle tâtait de ses doigts le bord dur de la couche. La couche était sa complice familière. Elle y était née, elle y avait passé une bonne partie de sa vie, y avait aimé et donné le jour. Et pour finir, c'est là qu'elle se retrouvait.

Avec une infinie délicatesse, elle retira les peaux au-dessus du garçon endormi et les laissa glisser sur le sol de pierre. Le froid se coucha sur eux et elle commença à trembler. D'ici peu, pensa-t-elle, d'ici peu tout sera mieux. Il a été dit, par ceux qui l'ont essayé, que l'on se sent presque chaud juste avant la mort. Elle prit la main de Manik et la tint fermement. Il s'agita un peu quand le froid commença à mordre son corps mais elle savait qu'il était trop épuisé pour se réveiller.

D'ici peu, pensa-t-elle, ce sera fini. Alors il n'aura plus jamais peur et moi je n'aurai pas peur de la mort. D'ici peu, pensa-t-elle, la lumière viendra et nous partirons pour l'habitat tant désiré.

Elle était allongée sur le dos et fixait le faible cercle de lumière de l'entrée, comme si elle attendait quelqu'un.

Postface

Il y a bien des années de cela, au cours d'un de mes séjours dans le Groenland du Nord-Est, je circulai un été dans les parages de Geographical Society Island. Sur un petit îlot insignifiant, coincé entre deux plus grandes îles, je trouvai un jour le crâne d'une femme adulte et, à quelques mètres de là, recouverts de mousse, les restes du squelette et du crâne d'un enfant.

Ces trouvailles éveillèrent bien sûr ma curiosité. J'explorai l'îlot entier mais ne pus y trouver trace ni de ruines de maisons ni de pierres indiquant d'anciens emplacements de tentes ; il ne semblait donc pas qu'il eût été habité. Par contre je découvris une grotte spacieuse près de la plage, à quelques mètres au-dessus des lignes de la marée haute. Au fond de la grotte se trouvait un os d'animal dans lequel avaient été percés des trous de tailles différentes. Cela rappelait beaucoup un type d'outil que les Eskimos utilisaient dans le temps pour assouplir les courroies. Par ailleurs, il y avait une petite figurine bien conservée, en corne de bœuf musqué, représentant un animal, ainsi qu'un poinçon de couture.

Qu'était-il arrivé à ces deux êtres ? Pourquoi leurs ossements se trouvaient-ils sur cette petite île inhabitée ? Les possibilités étaient nombreuses et parlaient à l'imagination. Étaient-ils morts au cours d'un voyage et avaient-ils été abandonnés là par leur tribu ? La grotte avait-elle servi de dépôt à viande et l'avaient-ils surveillée jusqu'à ce que la mort les prenne ? Pouvait-il y avoir des forces extérieures qui s'étaient liguées pour abandonner la femme et l'enfant dans un monde vide d'hommes ou étaient-ils peut-être les derniers survivants de ce peuplement disparu du nord-est du Groenland qui, pour une raison ou une autre, s'étaient réfugiés aussi loin que possible dans la mer ?

Toutes ces questions resteront sans réponse. Dans ce livre, j'ai essayé d'imaginer ce qui peut-être était arrivé à ces deux êtres, plus de cent ans avant que leurs ossements blanchis et friables fussent mis en terre.

Skogslund, mai 1975.

Impression réalisée sur Presse Offset par

BRODARD & TAUPIN

GROUPE CPI

La Flèche (Sarthe), 16338
N° d'édition : 3436
Dépôt légal : janvier 2003

Imprimé en France